青青子衿系列·郑培凯 主编

谢天振 著

海上雜談

广西师范大学出版社
·桂林·

海上杂谈
HAISHANG ZATAN

© 2018 香港城市大学
本书原由香港城市大学出版社出版，发行全世界。
本书中文简体字版由香港城市大学授权出版，在中国大陆（台湾、香港及澳门除外）出版发行。
著作权合同登记号桂图登字：20-2020-099 号

图书在版编目（CIP）数据

海上杂谈 / 谢天振著. —桂林：广西师范大学出版社，2020.8
（青青子衿系列 / 郑培凯主编）
ISBN 978-7-5598-2758-6

Ⅰ．①海⋯ Ⅱ．①谢⋯ Ⅲ．①杂文集－中国－当代 Ⅳ．①I267.1

中国版本图书馆 CIP 数据核字（2020）第 052125 号

广西师范大学出版社出版发行

（广西桂林市五里店路 9 号　邮政编码：541004）
网址：http://www.bbtpress.com
出版人：黄轩庄
全国新华书店经销
广西民族印刷包装集团有限公司印刷
（南宁市高新区高新三路 1 号　邮政编码：530007）
开本：787 mm × 1 092 mm　1/32
印张：7.625　　字数：180 千字
2020 年 8 月第 1 版　　2020 年 8 月第 1 次印刷
定价：58.00 元

如发现印装质量问题，影响阅读，请与出版社发行部门联系调换。

总　序

香港城市大学出版社邀约我编一套丛书，希望由著名的人文学者来执笔，反映文、史、哲、艺各个领域的学术研究，最好是呈现长期累积的研究心得与新知，厚积薄发，深入浅出，让一般读者读得兴味盎然。这一套书要有学术内容，但不是那种教科书式的枯燥罗列，或是充满了学术术语与规范的高头讲章。社长与副社长跟我讨论了一番，劝我出面联系学界名流，请他们就自己著作中，挑选一些比较通俗而有启发性的文章，或说说自己在学术研究上最有开创性的心得，编辑成书，出版一个系列，以吸引关心人文知识的读者，并能刺激青年学者，启导他们在学术研究的道路上，得到前辈的启发，追寻有意义的学术方向。

大学出版社出版学术书籍，一般有两种类别与方向：一是毫无趣味的入门性教科书，虽然言之有物，却干巴巴的，呈现某一学术范畴的全面知识，主要提供基础学问给学生，可以作为回答考试的标准答案。另一类则是学术专题的深入研究，将学者钻研多年所累积的学术成果撰写成专著，解决特定的学术问题，为学术的提升贡献新知，是专家写给专家看的书籍。

出版社想出的这一套丛书系列，是希望我联络学界耆宿，说服他们写随笔文章，揭示自己潜泳在学海中的经验与心得，既要有知识性，有学术的充实内涵，又要有趣味性，点出探求学术前沿与新知的体会。其实，这类文章最难写，先得吃透了整个学术领域的知识范畴，潜泳其间，体会出知识体系的脉络，然后像叶天士那样的名医把脉一样，知道学术研究的病灶难点，指出突破的方向与探索的前景。出版社希望的目标，听起来很有道理，说起来很轻巧，却是最难以做到的。

现在有许多学术著作，展示了刻苦钻研的成果，像清朝的考证学一样，旁征博引，把古往今来的相关知识全都引述了一通，类似编了本某一专题的批注大全，最后才说出几页自己的研究心得。有些论述长篇累牍，往往没有什么新意，只让我们看到作者皓首穷经的辛苦耕耘，却不一定有什么收获。这样的研究专著，看来是为了学术职场的升等，写给学术考核的专家们看的。精深难懂的研究专著，有其出版的必要，因为它总是长期学术耕耘的成果，功不唐捐，甚至有可能是可以传世的巨作，要经过好几代学者的分析才能体会其中的奥义。但是，一般而言，大量的学术专著也只是显示了作者的努力，让学术同行认可其专家的地位，是给少数研究者看的。有他不多，没他不少，对学术的发展与知识的传播，似乎无关紧要。一般的知识精英，对学术有兴趣，是想知道研究领域出现了真知灼见，能够启动深刻的人文思考，并不想知道某一专题研究的过程与细节，就好像人们都对科学研究的成果感兴趣，却不肯待在实验室里，跟着科学家长年累月观察实验的过程。所以，出一套丛书，请学术名家就他们毕生研究的经验，以随笔的形式，总结一下心得，则是大家都喜闻乐见的。

接受了出版社的委托，联络了一些朋友，大家都很给面子，说"应该的，应该的"，做了一辈子学问，也该总结一下，让一般读者知道探求学问的门径，理解人文学术研究的心路历程。反正都到了退休的年龄，完全不必理会学术职场的名利，可以静下心来反思自己的学术道路，如何可以金针度人。大家有了撰著的兴趣，都问我，这套学者随笔丛书的名称是什么。我突然福至心灵，好像是天上文曲星派了个小精灵来点醒，脱口就说，"青青子衿，悠悠我心"，有了，就是"青青子衿"系列。

"青青子衿"一词，来自《诗经·郑风·子衿》，诗不长，只有三段：

> 青青子衿，悠悠我心。纵我不往，子宁不嗣音？
> 青青子佩，悠悠我思。纵我不往，子宁不来？
> 挑兮达兮，在城阙兮。一日不见，如三月兮。

按照汉代学者的解释，是讲年轻人轻忽了学习，让老师们有点担心，希望他们回到学校，认真读书。陈子展先生是这样译成白话的：

> 青青的是你的衣领，悠悠不断的是我的忧心。纵使我

不往你那里去，你难道就不寄给我音讯？青青的是你的佩玉绶带，悠悠不断的是我的心怀。纵使我不到你那里去，你难道就不到我这里来？溜啊踏啊，在城阙啊。一日不见，如三月啊！

这首诗的解释，过去是有歧义的，主要是朱熹推翻汉代以来的诠释，认定了"郑风淫"，所以，这也是一首男女淫奔之诗。结果朱熹的说法成了明清以来的正统解释，连现代人谈情说爱，也都喜欢引述这首诗，特别是"一日不见，如三月兮"这两句，很容易就联想到《王风·采葛》同样的诗句，让人日思月想，情思绵绵。其实，认真说起来，朱熹的说法并不恰当，这首诗也不是一首"淫诗"。汉代的《毛传》明确指出："《子衿》刺学校废也。乱世，则学校不修焉。"对"嗣音"的"嗣"字，解释得很清楚："嗣，习也。古者教以诗乐，诵之歌之，弦之舞之。"至于"一日不见，如三月兮"，《毛传》说："言礼乐不可一日而废。"郑玄则笺解说："君子之学，以文会友，以友辅仁。独学而无友，则孤陋而寡闻。"唐代孔颖达《毛诗正义》更延伸解释："礼乐之道，不学则废，一日不见此礼乐，则如三月不见也，何为废学而游观乎？"大体说来，从汉到唐的经解诠释，说的是严师益友，互勉向学的意思，比起朱熹突然指为"淫奔之诗"，要恰当得多。

清末的王先谦在《诗三家义集疏》中，引述古人对《子衿》一诗的理解与传述，是这么说的：

> 魏武《短歌行》："青青子衿，悠悠我心。但为君故，沉吟至今。"虽未明指学校，并无别解。北魏献文诏高允曰："道肆陵迟，学业遂废。《子衿》之叹，复见于今。"《北史》：大宁中，征虞喜为博士，诏曰："丧乱以来，儒轨陵夷，每揽《子衿》之诗，未尝不慨然。"宋朱子《白鹿洞赋》："广《青衿》之疑问，弘《菁莪》之乐育。"皆用《序》说。

列举了曹操以来，历代对《子衿》的理解与认识，包括朱熹的《白鹿洞赋》在内，都同意《毛序》的诠释，是关心学业，没有人提起"淫奔"的想法。也不知道朱熹撰写《诗经集传》的时候，是否突然吃错药了，满心只想男女之事，让后人想入非非。

当然，诗无达诂，可以随你解释，只要解释得通就好。我们采用汉代去古未远的解释，希望青年读者读了这套书，可以对学术发生兴趣，在人文思维方面得到启发。假如你坚持"青青子衿"是首情诗，那更好，希望你能爱上这套书。

郑培凯

目 录

001　**自序**

第一编　译苑杂议

003　**今天，让我们重新认识翻译**
　　——从2015年国际翻译日主题谈起
009　**翻译文学：经典是如何炼成的**
014　**一代人有一代人的翻译**
021　**译者的权利与翻译的使命**
025　**翻译，不止一种形式**
　　——读董伯韬《悠远唐音》
030　**也谈情色文学与翻译**
039　**无奈的失落**
　　——《迷失在东京》片名的误译与误释
052　**翻译的风波**
　　——从电影《翻译风波》说起
062　**译者的隐身与现身**
068　**莫言作品"外译"成功的启示**

073	支持葛浩文"我行我素"
078	文学奖如何真正成为一种导向?
	——对第五届鲁迅文学奖优秀文学翻译奖空缺的一点思考
083	中国文化如何"走出去"?
087	语言差与时间差
	——中国文化"走出去"需重视的两个问题

第二编 学界杂俎

095	纸质文本的深度阅读改变人生
100	我的俄文藏书
104	莫斯科购书记
108	一本光芒四射的智慧之书
	——读利哈乔夫《解读俄罗斯》
112	帕斯捷尔纳克与诺贝尔文学奖
123	不要人云亦云
	——也谈米勒得奖说明了什么
127	文学的回归
	——有感于略萨获2010年度诺贝尔文学奖
131	回归故事　回归情节
	——2008年中国翻译文学印象
136	关注学者及其论著的学术影响力

140　部长辞职与兔子写博士论文
145　外语专业博士论文：用什么语言写作？
150　是词典，不是法典
154　大作家与"小人书"

第三编　师友杂忆

159　人格光辉　永存世间
　　　——贾植芳先生去世一周年祭
171　方重与中国比较文学
180　听季老谈比较文学与翻译
186　魂兮归来
　　　——纪念著名翻译家傅雷弃世五十周年
200　他不知道自己是……
　　　——怀念方平先生
214　翻译即生命
　　　——悼念美国翻译家迈克尔·海姆教授

自　序

差不多是一年多前的事了，好像是2016年的年底吧，那一天培凯兄偕夫人鄢秀教授与我一起在沪上一家饭店吃饭。席间培凯兄提到，他应香港城市大学出版社邀请，要主编一套面向大众读者，深入浅出地介绍中国文化的丛书。为此，他已经邀请了沪上一批文史哲名家共同参与其事，同时也想请我给这套丛书贡献一本书。我听了当然很高兴，也很乐意，但同时又有点担心。我说，我这么多年来一直从事比较文学与翻译研究，恐怕与这套关于中国文化的丛书沾不上边吧？这时，坐在一旁的鄢秀教授开口说："没关系的，谢老师，你搞的翻译文化不也是中国文化的一部分吗？"鄢秀教授本人就是翻译研究的专家，她这么一说，我自然无话可说，此事也就这么定下来了。

2017年1月，我在广西北海过冬。北海的冬天温暖如春，我住的地方临近海滨，海风吹来，空气特别清新。我们的小区又远离市区，除了偶尔有几位朋友造访，基本没有外人打扰，所以显得分外清静。于是，我利用这段时间，将以前在报纸、杂志上发表过的一些学术散文、随笔类的文章整理出来。由于前几年我在复旦大学出版社出版过一本同样性质的文集《海上译谭》[1]，所以这次编起来比较有经验，速度也比较快。

《海上译谭》主要编入我关于翻译和翻译研究的学术散文和随笔，按内容分为五个小辑，分别是"译苑撷趣""译海识小""译界谈往""译事漫议"和"译学沉思"。这次《海上杂谈》文集收入的文章内容，一如书名所示，要比《海上译谭》更广、更杂，不限于谈翻译和翻译文化，还涉及中国学术界、文化界的一些普遍问题。翻译方面的文章则多是《海上译谭》出版后发表的。我也按内容把三十几篇文章分成三个小辑，分别是第一编"译苑杂议"、第二编"学界杂俎"和第三编"师友杂忆"。

我在《海上译谭》的前言里曾坦承，是受著名作家、翻译家贾植芳教授影响的缘故，我才开始慢慢地重视并喜欢给报刊写点小文章和学术性散文。贾先生称这些文章为"报屁股文章"，因为这些文章通常刊登在报纸的副刊上，而副刊通常位于一厚叠报纸的最后面。但贾先生告诫我说："不要看不起报屁股文章，它的影响力有时比你那些正儿八经的学术文章还大哩。"事实也正是如此，由于报纸杂志的读者面广，传播面大，我觉得在那里发文章其实也是知识分子践行对社会的使命和职责的好机会。我很景仰贾先生那一代知识分子秉笔直言的风范，所以我为报刊写文章时，通常也是直抒己见、直言不讳的。譬如我在第一编的《文学奖如何真正成为一种

---

[1] 谢天振：《海上译谭》，复旦大学出版社，2013年。

导向？》一文中，就对2010年第五届鲁迅文学奖"全国优秀文学翻译奖"的空缺一事提出尖锐的批评和质疑："在评选代表一个国家最高级别的优秀文学翻译奖时，把眼光仅仅或主要集中在译作的翻译质量及编辑质量上——具体而言，即其语言文字转换是否贴切、准确等，是不是就够了呢？"我指出："本届鲁奖优秀文学翻译奖的空缺，与其说是因为中国目前文学翻译界缺乏优秀的翻译作品，不如说目前的鲁奖优秀文学翻译奖的评奖理念、机制、方法、标准等方面存在着一些问题。"所以我呼吁，要对"鲁奖优秀文学翻译奖的评奖理念、机制、方法、标准进行适当调整"。其实，自从第三届鲁迅文学奖把优秀翻译文学纳入评奖范围以来，我对所谓"全国优秀文学翻译奖"的评奖理念、机制、方法、标准等一直持批评态度，曾不客气地指出，按这样的评奖方法和标准，即使鲁迅先生本人带着他的译作来申请评奖，也肯定得不到这个以他名字命名的"全国优秀文学翻译奖"。这不是莫大的讽刺么？

不过在本书中，我还是把更多的精力放在对新的翻译理念的阐释上。传统的翻译理念对我们每个人的影响实在太深了，甚至连钱锺书这样的大学者在讨论林纾的翻译时都会暴露出一定的矛盾心态（参见本书《译者的隐身与现身》一文），所以我在本书中通过对一些电影片名翻译、一些有趣翻译事件的阐释和剖析，让读者"重新认识翻译"。在我看来，唯有确立了符合翻译本质的翻译理念，我们才有可能做好翻译，这既包括"译入"，更包括"译出"（即文化外译）。

第二编"学界杂俎"中,《纸质文本的深度阅读改变人生》等三篇文章是与读者分享我关于读书、买书的经历和体会。我对当下年轻人越来越满足于网上阅读,而越来越少人能沉下心来捧读一本纸质人文图书的现象感到震惊和担忧,因为网上的快餐式阅读大多只是解决一时之需,不大可能代替纸质文本或类似纸质文本的电子文本带来的深度阅读。我的体会是:"对纸质文本的深度阅读改变了我的人生,也铸造了我充实的人生。"

与诺贝尔文学奖有关的三篇文章阐述了我对诺奖的看法,有批评,也有肯定。其中,《文学的回归》一文发表后不久,恰值文章提到的2010年诺奖得主略萨访问我任教的上海外国语大学。在与略萨见面的小型座谈会上,我说:"我为他的获奖感到高兴,但又不是为他。"我说到这里故意停顿了一下,略萨也颇感惊讶地望着我。我于是继续说下去:"我是为诺奖评委感到高兴,因为此举给诺贝尔文学奖注入了明确的文学因素,表明了一个文学奖项对文学的回归。"略萨听罢我的话非常兴奋,高兴地拉着我的手与我合影,并在我的书上题词留念。

《部长辞职与兔子写博士论文》一文与两个故事有关:一个是发生在德国政界的真实丑闻,一位年轻有为的国防部长因多年前写的博士学位论文涉嫌抄袭,在社会各方的压力下不得不黯然辞职;另一个则是在网上传播的当代寓言,说的是兔子仗着它强而有力的博士生导师狮子做后台,写的博士论文不管是什么题目都能通过。借用这一实一虚两个故事,我对目前国内的博士学位论文的写作、指导、答辩等问题进行了反思，并提出一些建议。

第三编"师友杂忆"中的六篇文章是我在本书中用情最深的几篇。文章中回忆的人物，除傅雷外，其余几位都是与我有过直接交往的学界前辈和朋友。其中对我影响最深、最大的，毫无疑问是贾植芳先生。一方面，当然是因为我与贾先生的交往时间最长、最密切——有好几年，我几乎每个星期都会在贾先生家里至少吃一两顿饭；另一方面，他的传奇经历——他一生坐过四次牢，历经磨难却仍然保持着坚毅乐观的性格，在生死攸关的时刻仍坚持不出卖朋友，一生坚守要将"人"字写得端正，等等——给我的影响极其深刻。我沐浴在他的人格光辉之中，感觉自己的灵魂也在潜移默化中得到了升华。

与贾先生相比，方重先生可说是另一类型的知识分子：贾先生热情好客，爱交朋友，而且与各种职业的人都能找到共同语言，谈得来；方先生身上有明显的英国文化印记，衣着干净利落，举止温文尔雅，言语不多，似有几分矜持，颇有一点英国绅士的派头。方先生在中古英语的翻译（乔叟作品的汉译）、莎士比亚戏剧翻译和陶渊明诗英译上所取得的成就，令国际学界都为之瞩目，但他为人相当低调，待人极其谦和，甚至显得有点文弱。然而，当"文化大革命"这样史无前例的风暴向他袭来时（他是上海外国语大学第一个被贴大字报"炮轰"的"反动学术权威"），他却依然表现得相当超脱和淡定，这让我看到了他与贾先生的相通之处——中国知识分子高贵、坚毅的独立人格。

在与老一辈知识分子的交往中，我越来越真切地感受到他们的灵魂是相通的。尽管在傅雷先生生前，我与他并无直接交往，但在2016年他"弃世"五十周年之际，我忍不住写了一篇纪念他的文章《魂兮归来》，这正是因为我被傅雷先生身上那种知识分子的独立人格所感召，被他坚守翻译家对民族、对国家的崇高使命感所感召。

方平先生与迈克尔·海姆教授是两位非常纯粹的文学翻译家，二人都才华横溢：方平先生既做翻译，又做外国文学研究，还能写诗，著译甚丰；海姆教授精通十余种外语，同样译著丰硕，且获得了多项翻译奖项。二人都把他们的一生献给了他们热爱的文学翻译事业：方平先生晚年积极组织并身体力行，为读者奉献了一套高质量的诗体莎士比亚戏剧全集；海姆教授直到去世前几天，口中还念念有词，斟酌某个词应该怎么翻译。不无巧合的是，两人对物质生活都极其淡泊，衣着俭朴，日常生活中都舍不得花钱。但是，为了在上海建造一座莎士比亚塑像，方平先生毫不犹豫地捐献了数万元私人积蓄；海姆教授为了推动美国的文学翻译事业，给美国笔会中心捐献了七十三万多美金，资助了一百多位译者，出版了七十多部译作，却不许笔会中心公布他的名字。直到他去世，笔会中心征得他夫人的同意后，才公开了这个"秘密"。

《海上杂谈》是我第二本学术散文、随笔文集。我有意挑选了几篇曾收入《海上译谭》的文章放入本书，以便读者对《海上译谭》有所了解，并对翻译产生进一步的兴趣。

最后，我要借此机会向培凯兄、鄢秀教授表示感谢，没有他们的邀约，就不会有这本小书。培凯兄的书名题字，更是给这本小书增加了光彩。而正如鄢秀教授所言，我多年来一直在宣传一个理念，即翻译文学、翻译文化也是中国文学、中国文化的一个组成部分。我很希望借助这套"青青子衿"系列丛书，把这个理念进一步地宣传出去，让广大读者都能来"重新认识翻译"。

2018年1月15日

于广西民族大学相思湖畔

第一编 译苑杂议

今天,让我们重新认识翻译
——从2015年国际翻译日主题谈起

在绝大多数人的眼中,翻译不就是那么回事么:把外文翻成中文,或是把中文翻成外文,有什么可重新认识的?其实不然。就像购物(shopping),我们从前对它的理解离不开上街、逛商店,但今天"网购"的兴起已经极大地刷新了我们关于"购物"的概念,刚刚过去的"双十一"可以说是对它的最好印证。而今天翻译所发生的变化一点也不亚于购物的变化。让我们先从今年国际翻译日的主题谈起。

每年的9月30日即国际翻译日,英文为"International Translation Day",根据英文也可翻译成"国际翻译节"。这一天也确实是全世界翻译工作者共同的节日。每年的这一天,或在此之前的几天,世界各国的翻译工作者都会集会庆祝自己的节日。每年,国际译联(International Federation of Translators,FIT)——一个有八十多个国家翻译协会参加的国际组织——都会为这个节日推出一个庆祝主题。从某种意义上而言,这个庆祝主题也是提请国际社会关注翻译的现状、作用、地位和变化。2015年国际翻译日的主题正如其标题所示,为我们描绘出了一幅"变化中的翻译面貌"(the changing face of translation and interpreting):从几十年前还在使用钢笔和打字机进行翻译，到如今开始使用语音辨识工具进行翻译，只需要动动嘴，语音辨识工具就能把你说出的话翻译成你需要的外语。半个多世纪前，在纽伦堡审判中首次采用的现场同声传译被认为是口译的一大飞跃；如今，通过电话手机进行的视频远端同传，让你不管身处地球何处，都可以享受到需要的口译服务。就在前几天我到北京开会，碰到北京大学中文系主任陈跃红教授，他给我看了国内某公司安装在他手机里让他试用的一款翻译软件，还当场演示：他说了几句话，手机语音系统立即把他的话翻译成了英文，而且很准确。陈教授告诉我，他已经用这款翻译软件接待过两批国外专家，无论是汉英互译还是汉法互译，沟通都无障碍。可见翻译的变化已经在我们的身边、在我们的现实生活中切实地发生了。

由此，我不由得想起几年前的一件趣事。当时我写了一篇文章，文中提到上外高翻学院的实习基地承接了联合国的一项任务，在两小时内翻译一篇将近三万字的会议文件。一位读者看后写信给报社，质疑此事的真实性，他说："我就是不做翻译，光按一个键，两小时也按不出三万字来啊！"这位认真得可爱的读者显然是用传统的翻译，尤其是文学翻译的思维方法来想象今天的实用文献、文档的翻译流程。他不知道我们把三万字的任务分配给了五位青年译员，而这五位译员在翻译时使用了先进的翻译软件，还通过网络保持彼此间的沟通，这样，在碰到疑难问题时可以随时商量，也可保证译文的一致性。而与此同时，有一位资深译员承担着统稿和定稿的任务。他同样通过网络与其他五位译员保持沟通，这就意味着在其他五位译员翻译的同时，他已经在统稿和定稿了。一旦发现某个术语或专用名词的译法出现不一致，他会立即决定采用合适的译法，而这个译法也会立即作为定本反映到五位译员的计算机显示屏上，他们在继续往下翻译时就能保持译名的统一。更有甚者，由于联合国文件的表述重复率较高，再加上该基地多年承担联合国文件翻译工作，积累了丰厚的语料库，因此，我们的译员在按下一个键时，显示屏上出现的也许就不只是一个字，而很可能是一个短语、一个句子，甚至一个段落，这是那位读者无论如何也想象不到的。他不知道，现代科技的发展，已经极大地改变了翻译的面貌，不管是口译还是笔译。

翻译工具的这些变化，计算机、互联网等现代科技手段的介入，极大地提高了翻译的工作效率和翻译质量，而且使得现代意义上的合作翻译成为可能，也使得世界一体化的翻译市场的形成成为可能。2015年国际翻译日主题指出："得益于跨时区的沟通，客户晚上离开办公室前发出文件，第二天早晨回到办公室时就可以拿到译稿。"

不过，今天我们要重新认识翻译，不光要看到翻译的手段、工具发生的变化，还应看到翻译的内涵和外延的变化，这更具实质性。传统上，我们只是把翻译理解为两种语言文字之间的转换，即业内所说的"语际翻译"（interlingual translation）。其实翻译还有"语内翻译"（intralingual translation），即同一语言内的语言文字的转换，如把古代汉语典籍、诗词转换成现代白话文；还有"符际翻译"（intersemiotic translation），如把手语、旗语、灯光信号、密码等表达的意思翻译成我们能够理解的语言文字。这些是我们平时谈论翻译时经常忽视的。随着数字化时代的来临，翻译的对象除了传统的纸质文本，还涌现出了形形色色涵盖了文字、图片、声音、影像等多种形式符号的网状文本，即超文字（hypertext）或虚拟文本（cybertext），翻译的内涵和外延明显扩大，超出了我们传统的翻译理念。

与此同时，翻译的生产方式也发生了变化：历史上主要是一种个人的、且具有较多个人创造成分的文化行为，正逐步演变为一种团队合作行为，一种由翻译公司或语言服务公司主导的商业行为。这当然也跟非文学翻译已经成为当前翻译的主流有关。有关统计资料表明，从1980年至2011年，中国语言服务企业总数从十六家发展到了三万七千一百九十七家。而到2013年底，更是增加到了五万五千九百七十五家。至于语言服务业的专职从业人员，截至2011年底是一百一十九万人，其中翻译人员达六十四万人。可见中国的翻译服务业已经成为一个具备可持续增长潜力的新兴服务行业。

值得注意的是，当前翻译的方向（"译入"或"译出"）也增添了一个新的维度，越来越多的国家和民族开始积极主动地把自己的文化译介出去，以便让世界更好地了解自己。两千多年来以"译入"为主的翻译活动发生了一个非常重要的变化，翻译领域不再是"译入"行为一统天下，民族文化及相关文献的外译成为当前翻译活动中一个越来越重要的领域。有关资料表明,中国语言服务企业的中译外工作量占比在2011年首次超过了外译中,达到54.4%;而到2013年底,已经有64%的翻译服务企业中译外业务量占其业务总量的一半以上,显著高于外译中,其中13%的企业其中译外业务量占比甚至高达80%—100%。不难预见,随着中国文化"走出去"力度的进一步加大,翻译将在推动中国政治、经济、文化、科技等走向世界的过程中发挥越来越重要的作用。

但问题也随之而来:翻译的变化如此之大,发展如此之快,我们对它的认识却有点滞后。长期以来,我们对翻译的认识是,只要把一种语言文字表达出来的东西完整、准确地转换成另一种语言文字,就算是成功的翻译了,却忽视了翻译的根本属性——跨文化交际。在这种理念的指导下,我们的翻译家孜孜以求的目标就是交出一份所谓"合格的译本"。然而,今天如果我们简单地以这种理念去指导非文学翻译、非社科经典的翻译(譬如商品品牌的翻译),以及中国文学、文化的对外翻译,那就会有问题。事实上,我们这几十年来在中国文学及文化的外译方面做得不是很成功,其根本原因就是在用"译入"的翻译理念指导今天的"译出"行为,而忽视了"译入"与"译出"之间的一个重要区别:前者的读者对外来文化有内在的自觉需求,所以只需提供"合格的译本"就会受到欢迎;后者则不然,后者的读者并没有这种需求,所以必须采取能引起对方读者兴趣、符合对方读者的审美趣味和阅读习惯的翻译策略。葛浩文(Howard Goldblatt)翻译的莫言作品之所以能取得成功，就是在这方面做了切合实际的努力。所以，我们呼吁重新认识翻译，就是希望能正视、重视翻译的最本质的属性——跨文化交际，这也是2012年国际翻译日的主题——"翻译即跨文化交际"（translation as intercultural communication）。无论翻译如何变化，如何发展，它的最终使命仍在于促进各民族之间切实有效的跨文化交际。对"译入""译出"不加区分，简单、片面地追求所谓"忠实""完整""准确"，而忘却翻译的这一最终使命，就进入了翻译的误区，那样的翻译很难取得成功。

翻译文学：经典是如何炼成的

翻译是一种"创造性叛逆"，一部作品如果能够在不同的时代不断吸引翻译家们对它进行翻译，推出新译本，意味着这部作品具有历久弥新的艺术魅力，这就为它的某些译本成为翻译文学经典提供了一个基本条件。

同时，文学翻译因为存在语言老化的问题，所以，即使是翻译文学的经典作品，其"寿命"通常也就是流传一两代读者的时限，之后就会有新译作出现。

就像世界各国的国别文学、民族文学都会有自己的经典一样，世界各国的翻译文学也会有自己的经典。国别文学、民族文学中的部分作品之所以能成为经典，除了它们深刻的思想性、高超的艺术性，还有一个重要的因素：如同美国比较文学家韦斯坦因（Ulrich Weisstein）所言，它们经得起不同时代、不同国家的读者的"创造性叛逆"。譬如《红楼梦》，思想性、艺术性当然是它成为经典的重要原因，但经得起不同读者的"创造性叛逆"也同样至关重要：道学家看到里面有诲淫诲盗，政治家看到里面有阶级斗争，而普通读者看到的则是一曲凄美的爱情故事。

翻译文学作品成为经典与上述国别文学和民族文学作品的经典

之路也有相似之处。譬如法国作家司汤达的长篇小说《红与黑》，20世纪40年代赵瑞蕻就已经推出了第一个中译本，尔后在50年代又有了罗玉君的译本。自60年代后半期起，由于当时新中国特殊的意识形态和社会政治原因，《红与黑》的翻译被迫中止，已有的译本也被当作禁书，在公开场合销声匿迹。"文革"甫一结束，中国进入改革开放新时期，《红与黑》的翻译立即迎来了"井喷"，短短几年，市面上就出现了一二十种不同的《红与黑》译本，且其中不乏优秀译作。因此，《红与黑》的译本也就顺理成章地被视作当代中国翻译史上的经典译作之一。我们无法把这顶"经典"的桂冠套在某一部译作上，这是文学翻译的性质所决定的，因为优秀的文学原作需要多部不同译作才能比较充分地展示它的全部思想深度和艺术成就。所以，在《红与黑》的译作中，经典的桂冠应该由这一二十种译本中最优秀的几部共同分享。

《红与黑》的翻译之路让我们看到，翻译文学作品是否能成为经典，首先与原作在其本土甚至在世界文学史上的地位有关，与原作本身是否为经典作品有关。一般而言，原作本身就是经典，那么它的译作也就更有可能成为经典，尤其是当译文的品质不错，甚至属于上乘时。鉴于此，我们也就不难理解，为何罗念生翻译的古希腊罗马的悲喜剧，朱生豪翻译的莎士比亚戏剧，傅雷翻译的巴尔扎克小说和草婴翻译的托尔斯泰小说，等等，会被译界推崇为翻译文学的经典。

不过有必要指出的是，原作的地位高低并非翻译文学作品能否成为经典的唯一决定性因素。有时候原作并非世界文学史上的巨著，甚至在其本国也是没没无闻，只是因为译入语国家特殊的接受语境和社会条件，才成为翻译文学的经典。譬如《牛虻》，在20世纪五六十年代，因苏联小说《钢铁是怎样炼成的》的关系——前者是后者主人公保尔最喜爱的读物——成为中国读者，尤其是广大青年读者人手一册的必读书，与后者一起成为新中国翻译文学史上的经典。但在其本国，《牛虻》却远远称不上经典之作。其实，即使是茨威格这样在中国备受推崇的作家，在其本国奥地利也并未被视作一流作家。中国文学作品的外译也有类似情况：《寒山诗》许多中国读者都未必读过，但它的日译本和英译本却在日本和美国流传甚广。美国出版的中国古典诗歌选集，甚至美国汉学家书写的中国文学史，可以不收孟浩然，但肯定会收寒山。这是因为充满禅意的《寒山诗》正好迎合了20世纪60年代日美社会的学禅之风，而诗人寒山本人的形象又正好与当时美国嬉皮士青年心目中的偶像不谋而合。

由以上所述可见，译作成为翻译文学经典主要有两种情况，一种是由外国文学经典转化而来的经典，另一种是由接受语境造成的经典。我们之所以将前者奉为经典，是因为它把世界各国的文学经典介绍给了译入语国家，通过翻译家精湛的译笔使得译入语国家的广大读者有可能一瞻世界各国文学大师的风采，领略世界各国文学精品的艺术魅力。而我们之所以将后者奉为经典，是因为翻译家把它们引入到译入语国家后，或是正好迎合了该国意识形态的需要，如《牛虻》；或是正好满足了该国读者的审美需求，如茨威格的作品；或是正好填补了某种文艺创作的空白（题材或手法等），从而对该国的文艺创作产生巨大的影响，如20世纪80年代中国对西方现代派文学的翻译。

有人也许会问，译作成为翻译文学经典与其本身的翻译质量有何关系？翻译质量高的译作是否就一定能成为翻译文学的经典呢？答案是否定的。如前所述，翻译文学作品要成为经典，首先要看它的原作是否经典，看它的原作在其本国甚至在世界文学史上是否享有崇高的地位，其次要看它在译入语国家的接受与影响。如果一部译作翻译的质量不错，但其原作的思想性、艺术性都较平庸，在其本国，更遑论在世界文坛，评价都不高，那么，这样的译作就很难成为翻译文学的经典。不过有一点可以肯定，能成为翻译文学经典的译作，其翻译质量通常都是比较高的。

另外，让认真严肃的翻译家备受鼓舞的是，译作因翻译质量高而成为翻译文学经典的例子，在翻译史上绝非个案。譬如王佐良翻译的培根的《论读书》，略显古奥但又浅近明白的中国文言，简约凝练却又与原文意思契合的语体和表达，尤其是全文平衡匀称的句子结构和一咏三叹的节奏，以及那种一气呵成通贯全文的气韵，令其没有丝毫生硬牵强的痕迹，"读起来不像译本"。与之相仿的还有夏济安翻译的美国作家欧文的散文《西敏大寺》。当我们读着"时方晚秋，气象肃穆，略带忧郁，早晨的阴影和黄昏的阴影，几乎连接在一起，不可分别。岁云将暮，终日昏暗，我就在这么一天，到西敏大寺信步走了几个钟头。古寺巍巍，森森然似有鬼气，和阴沉沉的季候正好相符；我跨进大门，觉得自己好像已经置身远古世界，忘形于昔日的憧憧鬼影之中了"，已经感觉不到这是美国作家的作品，倒像是美国作家自己在用中文写作。这些译作被译界推崇为中国翻译文学的经典之作，不断地被推荐、引用、阅读，甚至编入教科书，主要倒不是因为原作的地位，也不是因为译作对中国文学文化所产生的影响，而纯粹是因为译作本身精湛的译笔，高超的翻译质量。

如前所述，文学翻译因为存在语言老化的问题，所以即使是翻译文学的经典作品，其"寿命"通常也就是流传一两代读者的时限，之后就会有新译作出现。譬如林纾的翻译、伍光建的翻译，在当时堪称经典，但后来也被新的译作取代了。不过，在中外翻译史上却有一些译作能打破文学翻译的这个"魔咒"，在世上长久流传，譬如中国文学史上的《敕勒歌》（风吹草低见牛羊），殷夫翻译裴多菲的"生命诚宝贵，爱情价更高，若为自由故，二者皆可抛"等。英语世界也有同样的例子，如菲茨杰拉德翻译的《鲁拜集》，庞德翻译的中国古诗《神州集》等。这些译作都有一个共同的特点，即具有较多的翻译家个人创造的成分——当代译论称之为"创译"，且译作已经融入了译入语文学、文化。所以，这些译作与我们讨论的翻译文学经典还不能完全等量齐观。

一代人有一代人的翻译

一代人有一代人的翻译,就像一代人有一代人的歌曲:周氏兄弟、钱锺书那代人喜欢读林纾、严复的翻译;我们这些20世纪三四十或四五十年代出生的人,喜欢读朱生豪翻译的莎士比亚,喜欢读傅雷翻译的巴尔扎克、罗曼·罗兰。但是"八〇后""九〇后"乃至"〇〇后"们,喜欢读谁的译作呢?目前似乎还未冒出众望所归的翻译家偶像来,但有一点可以肯定:他们大多数人不会像我们这代人一样热衷于朱生豪、傅雷的译作,更不会去追捧严、林的译作。

这个情况其实很正常,因为文学翻译有一个基本规律,就是译作的语言会随着时代的发展显得老化。这里的"语言老化"不仅是指带有明显时代痕迹的用词,还有语体、文风等。这是文学翻译中一个很独特的现象:作为原作,无论是中文作品还是外文作品,譬如鲁迅的作品,或者国外某个作家的作品,你不管何时读都不会有语言老化的感觉。但是,假如我让你读一读20世纪二三十年代的翻译作品,譬如伍光建的译作:"卡塔林那虽然对于欺负她年青的人是很性急的,很有主意,有时而且是很猛的、倔强的、骄蹇的,她虽然绝对反抗凡是显然刻薄她的人,她却还是很有大度的、不念旧恶的，看不起用小手段，简直是一个高贵的小女子。"[1]或是周桂笙的译作："初余本在某商店承书记之乏。后以此店闭歇，余即失业，至是盖半载矣。又因急欲谋得别事，所有些须积蓄，至是亦将告罄。所馀之物，尽在囊中。时余偶一念及，即探手入囊，将此数枚先令翻弄不息，心中亦惘惘无主，不知何日再有好命运，别求得先令数枚，以为尔代。"[2]意思你都明白，但会明显感觉到译文语言有一种隔世之感。

译文语言会老化这一现象也就决定了无论译作多么优秀，生命都将是有限的，不可能像优秀的原作那样与世长存。这也就决定了即使是同一部原作，每隔一两代人，就必然会推出新的译本。我们这代人也许仍然会满怀感情地捧着朱译莎士比亚，傅译巴尔扎克、罗曼·罗兰不放，就像钱锺书晚年找出了林纾的译作一本本仍然读得津津有味，而对那些晚出的，显然比林译本更加忠实的译本却提不起阅读的兴趣来一样，但我们不会去读林译本《块肉余生述》，而会读董秋斯的《大卫·科波菲尔》，我们的下一代也会去寻找他们喜欢的译本。有人也许会不服，质问："那为何庞德翻译的中国古诗在英语世界至今仍拥有不少读者呢？为何菲茨杰拉德翻译的波斯诗人的《鲁拜集》还被载入了英国文学史册呢？"这两个例子其实触及文学翻译的另一个性质问题：严格意义上的翻译的生命

---

[1] 伍光建：《伍光建翻译遗稿》，人民文学出版社，1980年，第6页。
[2] 周桂笙：《毒蛇圈》，岳麓书社，1991年，第230页。

是有限的，不可能与世长存。但是，带有非常强烈的译者创造性的翻译——当代译论命之为"创译"（transcreation），特别是富有个性的、寓含着译者独特追求的创译，从某种意义而言，已经具备了与原创作品同样的性质，因此也就赢得了比一般译作远为长久的生命力。譬如庞德在翻译中国古诗时，有意识地不理会英语语法规则，把李白的"荒城空大漠"译成"Desolate castle, the sky, the wide desert"，没有介词进行串联，没有主谓结构，仅是两个名词词组与一个名词的孤立的并列。熟谙中国古诗并了解庞德进行的新诗实验的人一眼就可看出，这是译者有意仿效中国古诗的意象并置手法，尽管这一句其实并非典型的意象并置句。这种译法理所当然地使英语读者感到吃惊，但它的效果也是显而易见的，《泰晤士报》书评作者就曾坦承："从奇异但优美的原诗直译，能使我们的语言受到震动而获得新的美。"《鲁拜集》也是类似情况：如果说庞德通过模仿中国古诗在美国诗歌界创立了意象派诗歌，那么，菲茨杰拉德同样通过模仿波斯诗人的原诗格律，为英语世界创立了一种新的诗体。他把原作中的一些粗鄙部分删掉，把表达同一意境而散见于各节的词句并到一起，还把表达全集思想的几首诗专门改写了一遍。与此同时，他还把其他波斯诗人的内容比较接近的诗收入了《鲁拜集》。不难发现，菲氏所做的绝不是简单的翻译，还融入了许多自己的创造。因此，将庞德和菲茨杰拉德的翻译活动放在译介学的领域里审视，比放在传统的翻译学框架里讨论更为合适。

我们说一代人有一代人的翻译，并不意味着对于一部原作来说，一代人只能有一部译作。这一点对于优秀的外国文学原作来说尤其重要，因为越是优秀的作品，其内容就越是丰富，思想就越是深刻，人物的性格也就越是复杂，指望光靠一部译作就把原作中所有这些内容、思想和人物性格完整无遗地传递出来，显然是不可能的。这在诗歌翻译中更显突出，因为诗的价值不仅仅在于它所包含的基本内容，还有它的形式美、音韵美、节奏美、意境美等多种因素。我曾引杜甫《秋兴八首》的英译者英国学者葛瑞汉（A. C. Graham）的话来说明诗歌翻译的复杂性。葛瑞汉以其中的两句诗"丛菊两开他日泪，孤舟一系故园心"为例指出，这两句诗在中文里也许"很清楚"，但英译者在把它译成英语时却必须作出诗人在原文中用不着作出的选择："丛菊两开他日泪"中的"开"，是花开还是泪流开？"孤舟一系故园心"中的"系"，系住的是舟还是诗人的心？"他日"是指过去，还是指未来的某一天？这一天是否会像他在异乡看见菊花绽开的两个秋天一样悲哀？"泪"是他的眼泪，还是花上的露珠？这些泪是他在过去的他日还是在未来的他日流下的？他现在是否在为他日的哀愁而流泪？他的希望全系在可以载他回家的舟上，还是系在那永不会扬帆启程的舟上？他的心是系在这里的舟上，还是在想象中回到故乡，看到了在故园中开放的菊花？……不同的译者会根据自己的理解，提供不同的译文。譬如同是这两句诗，有人翻译成这样：

The myriad chrysanthemums have bloomed twice. Days to

come-tears.

The solitary little boat is moored, but my heart is in the old-time garden.

（艾米·洛威尔［Amy Lowell］译）

有人则把它翻译成那样：

The sight of chrysanthemums again loosens the tears of past memories;

To a lonely detained boat I vainly attach my hope of going home.

（洪业译）

在第一种译文里，"丛菊已经开放了两次，未来的日子将伴随着泪水；孤独的小船已经系住，但我的心仍在昔日的庭园"。在第二种译文里，却是因为看见了重新开放的菊花，才引得诗人泪流满面，沉浸在对往昔的回忆中；诗人把归家的希望徒然地寄托在那已经系住的孤舟上。这是两种截然不同的译本，它们从不同角度传达出了上述两句杜诗的形式和意义，使英语读者领略到杜诗的意境，了解到中国诗人的思乡愁绪。但它们显然又都失去了点什么：汉语中特有的平仄音韵构成的节奏和造成的音乐美丧失殆尽自不待言，从诗意来说，英译者由于受到英语语言和各自理解的限制，不得已把原诗中某些隐而不露的内容明确化、具体化，使得原诗中一大片原本可供驰骋想象的广阔空间受到了约束。短短两句杜诗的翻译尚且如此，那么一首长诗呢？一部诗集呢？由此可见，优秀的原作需要有不同的译作从不同的角度、不同的阐释立场去挖掘它丰富的内涵，同时用体现不同时代风格的语言呈现它的魅力。

然而目前我们的某些法律法规正好与文学翻译的这一特点相悖，我指的是目前在国际上也通行的版权保护法。众所周知，目前我们要引进一部外国文学作品进行翻译，必须取得原作者或原作的版权拥有者的授权。这种做法从保护作者著作权益的角度而言自然无可非议，但对于促进当代外国文学翻译事业的发展和繁荣却不甚有利。因为出版机构取得授权后，只能请一位或几位译者进行翻译，只能推出一部译作。但正如以上所述，即使是非常优秀的译作，也不可能完整呈现优秀原作的全部艺术成就和魅力。这一点在彼此亲近的西方语言之间也许还不十分明显，但在对差别较大的，例如在对中文与西方语言之间进行翻译时就非常突出。所以，我们既需要学院派风格的金隄翻译的《尤利西斯》，也同样欢迎面向大众读者的萧乾、文洁若翻译的《尤利西斯》。与此同时，我们也期待着与前两种《尤利西斯》译本不同的第三种译本的问世——它有可能是对金译本和萧译本的补充、纠偏，从而使《尤利西斯》的中译面貌更加完整，也有可能提供另一种风格的译本，让我们领略原作尚未被我们知晓的风格。从这个意义上而言，《尤利西斯》是幸运的，因为它已经过了版权保护期，可以享受不同译者对它进行的不同翻译。可惜的是，当代的许多优秀外国文学作品就没有这份幸运了。幸耶？悲耶？让众人评说吧。

译者的权利与翻译的使命

在传统的译学理念中,是没有译者的权利这一说的。以中西翻译史为例,近两千年来,我们在谈到译者时,谈到的只有"任务""义务"和"责任",却从不会提到译者的权利。在相当长的一段时间里,译者甚至连在译作上的署名权都得不到保障。之所以如此,我想恐怕跟当时翻译的主流对象有关:当时(欧洲的中世纪时期、文艺复兴时期,中国的佛经翻译时期以及五四时期)翻译的作品大都是宗教典籍、社科经典和文学名著,译者与原作者相比,地位相当卑微。在学界人士的心中,只有上帝、佛祖,只有古贤先哲和文学大师,哪有译者的地位,更遑论译者的权利。

曾经也有人想争一下译者的"特权",如法国翻译史上的著名作家、翻译家夏尔·索雷尔(Charles Sorel)曾说:"使原著再现于各个时代,按照各个时代流行的风尚改造原著,译者对原作作相应的改动,是译者的特权。"然而在那个"原文至上""是否忠实原文是判断翻译优劣的唯一标准"的年代,岂能容得下这样的言论?事实上,索雷尔自己也很快改口说,"为了使译作达到卓越水准,必须选择一种明智的折中方法:既不受原作者的言辞或意义的过分束缚,同时也不相去太远"。然而,尽管没有人给译者以明文规定的权利，译者们对自己应该有哪些权利还是很清楚的，而且并不会放弃。譬如译者是否有权利在翻译中体现自己的风格，在传统译学理念看来，译者当然是无权体现自己的风格的，因为译者的责任是传递原文及原作者的风格，而不是展示自己的风格。但事实上，优秀的译者在翻译的过程中肯定不会满足于做一个单纯的文字"搬运工"，跟在原文后面亦步亦趋，被原文的语言文字束缚住手脚。譬如傅雷，他明确倡言"翻译应当像临画一样，所求的不在形似而在神似"，其用意也就是要求译者摆脱原文语言文字的"形"。众所周知，傅雷的翻译风格很明显，我们拿起随便哪一本傅雷的译本，只消看上几页，不用看封面上译者的署名，就立即能感觉到这是傅雷的译本。而一个不争的事实是，我们的许多读者正是因为喜爱傅译的风格才爱上巴尔扎克、罗曼·罗兰的作品的。在这里，翻译的事实与传统的译学理念显然背道而驰，形成了一个悖论。

同样的"悖论"也存在于前几年围绕葛浩文翻译莫言作品所引发的争论中：一方面我们都看到，葛浩文的翻译"是把莫言作品推向诺奖领奖台的一个不可或缺的原因"，另一方面又有不少人对他"连删带改"的翻译表示"质疑"，说他"改坏了"莫言的原作。

翻译界这种"悖论"的由来，其实跟我们的翻译理念没有根据翻译的事实调整有关。长期以来，我们对翻译的理解与认识一直停留在两种语言文字的转换层面，由此认为所谓合格的译文就是"忠实"地实现两种语言文字的转换。至于这种"转换"的实际效果如何，是不考虑传统的译学理念的，例如译文能不能为译入语读者所接受、所喜爱，能不能在译入语环境里产生影响等。

有鉴于此，当代译论开始对翻译进行重新定位，2012年国际翻译日主题重申翻译是一种跨文化交际，强调翻译的使命就是要促进不同民族、不同国家之间有效的跨文化交际。当代译论呼唤"译者登场"，突出译者作为两种不同语言文化之间的协调者的身份，揭示译者在翻译过程中在意识形态、国家政治、民族审美趣味等各种因素制约下对译文的"操控"。

确立了现代译论意识，把握住了翻译的使命，原先的许多"悖论"也就迎刃而解了。首先，不要把"是否尽可能百分之百地忠实地传递了原文的信息"作为评判翻译优劣的唯一标准。"忠实"只是评判翻译的一个标准，而不是唯一标准。我们还应该考虑翻译是否切实有效地促进了不同国家、民族间的跨文化交际，这是评判一个翻译行为，尤其是一个译介行为和活动是否成功的更为重要的标准。以这个标准去看翻译，那么葛译莫言是否成功，傅译巴尔扎克、罗曼·罗兰的翻译风格是否有存在的权利和价值，就都不是问题了。

有人会担心，你这样公开地宣称译者的权利，称译者可以有自己的风格，译者可以根据译入语语境的实际情况对译文进行一定的"操控"，是否会导致"胡译""乱译"呢？这种担心是多虑了。其实，翻译界的"胡译""乱译"现象早已有之，它并不需要现代译论来赋予它"权利"，它与我们对翻译问题和翻译现象的学术探讨并没有直接的关系。制止、遏止，以及尽可能地杜绝"胡译""乱译"的现象,首先当然是依靠译者的自律,但更重要的恐怕还需要依靠加强翻译批评。加强翻译批评,使"胡译""乱译"无地自容,没有市场,使"胡译""乱译"的译者声誉扫地。与此同时,再建立相关的翻译法律法规,这才是杜绝"胡译""乱译"现象的切实有效途径。

还有一个与翻译有关的问题在此也不妨提一下。那就是优秀文学翻译奖该如何评奖的问题。现在通常的做法是,如果今年评奖,就把候选范围设定在之前两三年里出版的译作上。这种做法其实是不符合翻译的规律的。译作不像创作,可以在较短时间内显现出它的社会效应。译作需要接受读者的考验,还需要接受时间的检验。优秀的翻译家往往需要多年时间打磨一部译作,而译作问世后,也还需要相当的时间看它能否被读者接受,能否对译入语国家的文学文化产生积极的影响。因此,优秀文学翻译奖的评选不妨借鉴诺贝尔文学奖的评选办法,综合地考察候选翻译家的译作及其社会影响,这样才有可能把真正优秀的翻译文学作品评选出来。

翻译，不止一种形式
——读董伯韬《悠远唐音》

一个很偶然的机会，我读到了青年学者董伯韬编选、翻译的《悠远唐音》。一开始我还只是被它淡雅清新的封面和版式吸引，开卷启读后却一下就被内容深深吸引住了。该书其实是一本非常独特的唐诗选本，共选了四十六位唐代诗人的一百零五首诗，然后配上作者自己的英译和现代白话文翻译，每首诗后面还有作者的"品读"文字。作者并没有明确交代他选人、选诗的标准，不过通过他的"后记"我们大致可以猜出他选诗的标准大概就是那些蕴含着"遥远与久远的东西"的诗，那些给人以"澄明的感悟""对生命的湛思"的诗，那些"眼界小，然而没有时间性、地方性，所以是世界的、永久的"诗，尤其是那些文字具有特别的"韵味"的诗。事实上，选入这本《悠远唐音》的一百多首诗，基本上都不涉及宏大主题，而是些篇幅短小、题材平常，但能发人幽思、引人共鸣的诗。

我无意中翻到了书中刘长卿的《逢雪宿芙蓉山主人》一诗。这是首我很熟悉也非常喜欢的诗："日暮苍山远，天寒白屋贫。柴门闻犬吠，风雪夜归人。"然而当读到作者翻译的英译文和现代白话译文时，我惊呆了，同时感到莫大的惊喜。

这两种译文分别如下:

英译文——

It's sunset and the grey mount seems far
Cold and deserted the cottages are
At the gate a dog is heard to bark
With wind and snow
I come when it's dark

白话文译文——

黄昏
苍白的山
愈发淡远
清贫的小屋前
狗吠叫着寒冷
今夜,我和风和雪
一同叩响你的门扉

我没有想到,现在年轻人中还有这样英语修养与中国古文修养都如此出色的学者,因为我接触到的年轻人中,外文出身的往往中文修养不足，中文出身的则外文训练有所欠缺。但我看了董伯韬的经历后也就明白了，原来他大学本科学的就是英语，还是英语系的高才生，博士阶段改投复旦大学名师陈尚君教授门下，攻读起了中国古代文学专业。正是这种跨越中西两门学科的学术训练，使他可以比较从容地游走于跨越中英两种语言、跨越古今两个不同时空的文化交际平台上。与此同时，他对翻译一直有一种向往和追求，这从他策划的一套系列丛书的命名"经典·同文馆"中即可见出，这本《悠远唐音》则反映了他终于难忍技痒而直接尝试翻译实践的行动。

在中西翻译界有一句流传甚广的美国诗人弗罗斯特（Robert Frost）关于诗歌翻译的名言，从某种意义上而言，这句名言甚至可以视作关于诗歌翻译的"咒语"："什么是诗？诗就是在翻译中失落的那个东西。"换言之，在弗罗斯特看来，诗是不可能被翻译的，一经翻译，诗就失落了，就没了。我们之前读到的一些唐诗宋词的白话文翻译，恐怕在某种意义上也印证了弗罗斯特的这句名言。然而伯韬的翻译显然打破了弗罗斯特关于诗歌不可翻译的"咒语"。读了以上所引的刘长卿《逢雪宿芙蓉山主人》一诗的英语译文和现代白话文译文我们不难发现，经过伯韬翻译的这首唐诗，依然不失为一首优美的诗。读者通过译文依然可以清晰地感受到原诗的意境，原诗的韵味，甚至包括原诗那种简约、凝练的诗风。类似的精彩翻译在《悠远唐音》里可谓比比皆是。

我很欣赏伯韬所做的翻译实践。我相信对于大多数国人来说，翻译恐怕就只有一种形式：把外文翻成中文，或是把中文翻成外文。读过几本翻译论著的读者，也许还会知道俄国形式主义理论家雅科布逊关于翻译的著名的"三分法"，即把翻译分成三种类型：语际翻译、语内翻译和符际翻译。语际翻译即大家都比较熟悉的两种语言文字如中外文之间的转换；语内翻译指的是同一种语言之内的语言文字转换，最常见的如用现代白话文翻译中国古代典籍；至于符际翻译，比较常见的有手语翻译、旗语翻译、灯光信号翻译等。根据雅氏的"三分法"我们可以明白，在《唐音悠远》一书中，伯韬实际上同时进行了语际翻译和语内翻译两种不同类型的翻译实践，这是很不容易的事。而更加值得赞赏的是，伯韬的翻译实践没有局限在简单地追求字当句对的传统翻译观念里，他跳出了原文语言文字的羁绊，把传递原文的诗意、诗境、诗味、诗风等作为自己翻译追求的目标，舍形求神，这也就是为什么他的翻译能够打破弗罗斯特关于诗歌翻译的"咒语"，而唐诗经过他的翻译（无论是语际还是语内）之后，仍没有失落原诗最可宝贵的诗的诸多特征。更重要的是，这样的翻译有效地促进了唐诗与英语读者的交际，促进了唐诗与当代读者的交流。我把伯韬的英译展示给正好在我校进行访问学习的国外青年教师看，他们也都对之大为欣赏。

伯韬的翻译实践背后折射出来的翻译理念与当今国际翻译界翻译理念的进展不谋而合。当今国际译学界提出了一个新的术语叫"创译"（transcreation），正好可以用来指称伯韬这种在翻译基础上进行的创作或贯穿着创作精神的翻译。国际译学界把有关翻译的理念从原先单纯的"翻译"（translation）拓展到"创译"（transcreation），其目标瞄准的就是促进跨语言、跨文化的有效交际。当前我们国家正在积极推进中国文学、文化走出去，在这种背景下，伯韬的翻译实践及其探索，应当可以给我们提供某种有益的启迪吧。

也谈情色文学与翻译

情色文学，这是台湾文学研究界对以性爱描写为主要内容或有较多性爱描写的文学作品的一种称呼。我对此其实并没有什么研究，只是猜想大概与大陆所说的"色情文学"意思相差不多。只是不管是"情色文学"还是"色情文学"，在《悦读》这样的高品位文化刊物上讨论"情色文学与翻译"的问题，说不定还是会引起一些读者的疑惑、非议甚至反感，觉得这个题目恐怕难登大雅之堂。其实，时至今日，我们在许多报纸杂志、书店书摊上都可以见到公然标榜《洛丽塔》全译本、《查泰莱夫人的情人》全译本、《十日谈》全译本、亨利·米勒作品全集、村上春树作品全集等招徕读者的广告，却并未发现有人对之大惊小怪。而这所谓"全译本""全集"，其背后的隐含用意恐怕也是众所周知、不言而喻的。如果让时光倒流二十年或三十年，这些作品几乎都有可能被贴上"色情文学"的标签并遭查禁，至少不会被允许公开发行。然而今天，这些作品即便未被奉作文学经典，至少也被视作品位不俗的畅销书而为公众所接受。所以在这样的背景下，我们现在来探讨一下情色文学与翻译的关系，也许不会被视作出格，应该也能找到合适的氛围。借用前两年报纸上一篇评论《洛丽塔》全译本的书评标题，叫作

"成熟的果子适时坠落了"。更何况，本文所要讨论的实际上是一个中外翻译史上纯粹学术性的问题，只是本文不准备板着脸，而希望以一种比较轻松的笔调与读者讨论这个问题。

其实情色文学作为一种文学现象，是一种客观的存在，对它的研究本无可厚非，只是长期以来的思想禁锢，才使人们对这种研究产生了偏见，甚至心理恐惧。不过时至今日，无论是国外还是国内，情况都已经发生了很大的改变。20世纪80年代初，购买一本《十日谈》的全译本还只是极少数高级知识分子的一种特权。但现在，任何一个读者都可到书店任意购买，而且可供购买的类似图书远不止《十日谈》一种。20世纪80年代初，有一家出版社因出版了英国作家劳伦斯的著名小说《查泰莱夫人的情人》的全译本而受到有关部门极为严厉的处分。但今天，恐怕很少有人会再把此事当作一起严重的事件了。有的出版社甚至公然打出"性爱小说"的牌子，推出他们编选的外国文学翻译作品丛书。从用词角度看，"性爱小说"显然比"情色文学"赤裸得多，但今天的读者对它也不见得有什么反感。而色情文学因为长期以来与"黄色""下流"等道德判断挂钩，所以名声一直比较臭。

因为多年来一直在从事翻译文学史和文学翻译的教学与研究，所以我对"情色文学与翻译"这个课题之前就一直隐隐有所感觉，觉得情色文学与翻译之间存在着一种密切又微妙的关系。不过，坦率地说，在收到台湾师范大学翻译研究所所长赖守正教授赠送的《西洋情色文学史》（台北麦田出版社，2003年出版）之前，我对此问题并未有过深入的思考。2005年10月，赖教授借他的同事周中天教授来上海开会之机，托周教授把他从法文翻译成中文的"世界学术译著丛书"之一的《西洋情色文学史》赠送给我。这本书的书名本身就很有吸引力，书印刷得很精美，书中还有许多与书的内容相关的、现在已经难得一见的插图。只是我手头事情实在太多，再加这本书有煌煌七百多页，让我望而生畏，所以一直没有时间也没有勇气启卷捧读。最近把冠在全书之前的一篇近两万字的代译序《情色文学与翻译》一口气看完后，我得承认，正是这篇代译序使我第一次具体而又明确地意识到了"情色文学与翻译"这个题目的学术意义和研究价值。同时，也正是赖教授的研究，启发我接着这个题目再往前作些探讨，这也就是我把拙文的题目定为《也谈情色文学与翻译》的原因。

当然，这个题目之所以能在今天的翻译研究领域取得它的研究价值，与当今国际译学研究的最新发展趋势也是分不开的。自20世纪70年代以来，国际译学界的翻译研究终于跳出了只关注语言转换研究的层面，不再纠缠于"应该怎么译""不应该怎么译"这些主宰了中外译坛几千年的老问题，而进入了一个开阔的文化层面（文化交往、文化接受、文化影响等）审视翻译、探讨翻译，并且认识到翻译不只是一个简单的语言转换行为，而是一种受到译入国文化语境中的意识形态（ideology）、文学观念（poetics）、赞助人（patronage，出版商、出版资助部门等）等诸多因素制约的文化行为、文学行为、政治行为。从这个意义上看，情色文学的翻译比其他所有各种题材的文学作品的翻译似乎更能体现翻译与上述三因素之间的关系。譬如，如何界定情色文学与非情色文学（而是严肃文学，甚至是文学经典）就与译入语国家特定时代的意识形态、文学观念等有着极其密切的关系。今天我们一致接受并认可的西方文学经典，像薄伽丘的《十日谈》，在"文革"以前根本不可能获准在书店公开发售。另据上海外国语大学20世纪50年代曾在苏联留学的俄语教师所说，当年他们在莫斯科大学留学时，发现一些苏联的大学生经常偷偷地传阅一本书，后来才知道，原来他们传阅的正是薄伽丘的《十日谈》。由此可见，在20世纪50年代的苏联，《十日谈》也同样属于禁书之列。显然，这跟当时我们两国相同的意识形态有关。令人感到奇怪的是，既然属于禁书之列，那么这《十日谈》的俄译本又是从何而来的呢？莫非苏联也像中国一样，存在着一个"内部图书"的发行圈子？同样耐人寻味的是，现今在世界许多国家被视作当代美国经典作品的纳博科夫的长篇小说《洛丽塔》，在美国一开始也同样未能获准出版，小说曾接连被四家出版社拒之门外，最终还是在国外——法国的一家小出版社才获得了面世的机会。《洛丽塔》之所以会有这样的遭遇，其实也是跟20世纪50年代美国社会的意识形态、文学观念及赞助人的因素等有关。

一般而言，翻译文学在译入语国家的地位跟译入语国家本身的文学状况有很大的关系。著名以色列翻译理论家、文化学家埃文–佐哈（Itamar Even-Zohar）曾在他创立的多元系统论（polysystem theory）里比较全面地分析了翻译文学在译入语文学的多元系统里可能占据中心位置的三种情形。第一种情形是，一种多元系统尚未定型，即该文学的发展还处于"幼嫩"状态，还有待确立；第二种情形是，一种文学（在一组相关的文学的大体系中）处于"边缘"位置，或处于"弱势"，或两者皆然；第三种情形是，一种文学出现了转折点、危机或文学真空。以中国现当代文学的发展史为例，在清末民初我们国家自己的白话小说以及严格意义上的现代小说尚未发展充分时，翻译文学就会在中国的文学系统中占据中心位置，清末民初报刊上刊载的翻译小说占据当时发表的全部小说的五分之四。但从20世纪30年代起，当我们国家自己的现代文学发展起来以后，翻译文学便退居边缘位置了。然而，到了20世纪70年代末80年代初，由于"文革"的破坏，中国自己的文学创作基本上陷于瘫痪，原创文学出现了"真空"，于是翻译文学便再度占据了中心位置。当年排着数百米的长龙队伍，万人争购外国文学翻译作品的盛况相信不少人至今仍记忆犹新，历历如在目前。

但是情色文学的翻译又比其他文学题材作品的翻译更为复杂，除了一般翻译文学所受制的三个基本要素，它还受制于各译入语民族的道德准则。正如赖守正教授所指出的："情色文学向来被视为不登大雅之堂的淫秽作品，数世纪以来常遭查禁焚毁的命运。一些幸存的情色经典直到晚近才得以重见天日，与读者公开见面。情色文学本身都已妾身未明，情色文学的翻译的尴尬地位可想而知。因此，过往学者讨论（文学）翻译时，往往以经典文学作品的翻译为焦点，论及情色文学翻译的论文即便不是绝无仅有，亦是屈指可数。"这一点在大陆学界也完全一样,迄今为止,似乎还没有哪篇论文专门讨论情色文学的翻译问题。

情色文学翻译研究的阙如使得对情色文学翻译问题的研究要从对一些最基本问题的辨析开始,诸如情色文学内部的区分(具有艺术价值的色情文学与纯粹以描写淫秽内容为目的的作品),情色文学与翻译的关系,等等。

令人感慨的是,在赖教授看来,情色文学与翻译在文学研究领域里的地位和遭遇颇相仿佛:情色文学几世纪以来一直受到执政当局、学院机制、当道学者有意无意的打击与漠视,被当局查禁、焚毁。作者甚至遭到囚禁、放逐,情色文学的研究者在学术界会遭受同行怀疑、异样的目光。翻译在学界也同样处于边缘地位,翻译者在出版界、学术界仍未受到应有的尊重,在各级学术机构的评估中,翻译的学术价值仍相对偏低,学者无法以相关的译著作为研究成果,更无法将其作为应聘、奖励、升级的依据等。赖教授因此把翻译与情色文学同称为福柯所说的"饱受压抑的知识"(subjugated knowledge)。

也许是"同病相怜"吧(这当然是说笑),翻译与情色文学的关系似乎特别密切。可以说,世界各国情色文学的传播都与翻译密不可分。有人也许会说:"你这是废话,哪一种文学在世界各国的传播离得了翻译?"不,我要说的是一种很特殊的情况:在本国被查禁的情色文学作品,却以译作的形式在另一个国家出版发行。20世纪80年代初,我碰到过一位从德国来上外执教的外籍教师,他手里拿着一本崭新的（显然是才出版不久）中国文学作品的德译本在看。我和其他几位研究生问他在看什么书，他告诉我们说是《肉蒲团》。当时的我们对这本中国历史上的情色文学名著根本闻所未闻，幸亏那本德译本的封面图案上还有几个中文字，否则以当时我辈的孤陋寡闻，根本猜不出那本书就是李渔的《肉蒲团》。

无独有偶，1993年俄罗斯出版的一本名为《中国色情》的所谓中国色情文学翻译作品集，同样收入了李渔的《肉蒲团》，其中的相关研究文字还把此书的男主人公比作拜伦笔下的唐璜。其实，《中国色情》里收录的文学作品，有些根本不能算是色情文学，如选自蒲松龄《聊斋志异》中的几篇小说等。另一本长期以来在我们国家被视作禁书的情色文学名著《金瓶梅》，在苏联以及今日的俄罗斯也早就翻译出版并公开发行了。我曾看到过一本《金瓶梅》的俄译本，版权页上标明其首版于1977年，当年即再版，之后又于1986年和1993年再版，每次的印数还很大，仅1993年出版的就印了五万册。

还有一个例子是，在20世纪90年代曾热闹过一阵，尔后在国内销声匿迹的女性主义小说《上海宝贝》（此书因其比较大胆露骨的性爱描写而备受国内学界的批评），却在国外以好几种语言的译本大行其道。从以上所述的例子中，我们不难发现，在情色文学与翻译之间存在着一种有趣的张力：一边是有关当局对情色文学的查禁、封锁及隔离；另一边却是翻译在反其道而行之，帮着情色文学传播和扩散。赖教授说："当情色作品深陷查禁囹圄之际，翻译往往是那把打开重重牢门的钥匙。受到当局层层封锁的情色文学,透过翻译的传播,往往仍得以将其种子散播到海外的土壤中,使其在异地开花结果,使得此一充满跨国际色彩的西方情色传统得以绵延后世。"20世纪90年代我在日本东京的大学图书馆里曾经看到过一套所谓"中国风流小说"丛书,收入了《肉蒲团》《灯草和尚》等一二十种中国情色文学作品,遑论是我这种研究外国文学的人,即使是国内从事中国文学研究的人,多数对这些作品也是闻所未闻。从以上所述的例子中可以看出,通过翻译得到传播的显然并不限于西方的情色文学传统。实际上,在不少西方人的眼中,东方文化(包括中国、日本、印度)中情色文学的传统并不亚于西方。

情色文学的翻译与跨国传播,一方面首先与各译入语国通行的道德标准以及该国当时的性开放程度有关,另一方面恐怕还跟各译入语国家在判定情色文学时奉行的双重标准以及读者接受时的双重标准有一定关系。譬如,无论是前几年翻译出版的拉美文学名家马里奥·巴尔加斯·略萨的长篇小说《天堂在另外那个街角》,还是2005年翻译发表在《世界文学》杂志上的日本青春女作家金原瞳的《裂舌》,前者所表现的法国19世纪印象派绘画大师高更交织着性的沸腾与创作冲动的艺术经历,后者所反映的当代日本青少年用非常手段"改造身体"的行为和没有爱情的性爱,等等,其中的性爱描写程度其实远远超过我们国家的某些作品。但无论是专业批评家还是普通读者,对外来作品一般都能予以接受,对本国的类似作品则会持比较严厉的态度。也许他们想着,外国人就是这样的,但我们中国人不能这样。

由此可见,情色文学的翻译确实是一个非常复杂也非常敏感的问题。在这方面有许多问题值得探究,对它的研究还只是刚刚开始,有待我们的专家学者进一步地深入探讨。

无奈的失落

——《迷失在东京》片名的误译与误释

在2004年10月出版的第四期《文景》上,我读到一篇谈论名导演科波拉(Francis Coppola)的女儿索菲亚·科波拉(Sofia Coppola)执导的新片《迷失在东京》(*Lost in Translation*)的文章,名为《迷失在现代都市的丛林中》。文章写得颇有才气,文笔也很潇洒,这姑且不论。且说首先吸引我注意并引起我浓厚兴趣的,是杂志编辑为这篇文章所配的一幅电影海报上的影片原名 *Lost in Translation*,以及下面一段用黑体字印出的文章作者对这一片名汉译的解释:

> 因为故事发生在东京,*Lost in Translation* 汉译便取巧为"迷失在东京"了。或许是这个"translation"不好翻译罢。直译成"迷失在翻译"或"对译"中?显然不妥,可它就只有这一个意思,或者可以理解成:遗失在翻译中,但这更像一个语言学的表达,而且含糊不清,究竟是意义的遗失,还是人及其灵魂的遗失呢。干脆取前缀"trans-"的本意:超越、转换、横贯?好像也不甚妥帖。

而文章的结尾处更有一段从片名《迷失在东京》引申发挥而来

的结论:

> 都市的丛林正在将大地覆盖,迷失的一定不只是《迷》片中的男女主人公,也不只是他们的家人和朋友,更进一步地说,那使人迷失的地方也一定不只是东京这一个城市,人们可能迷失在纽约,迷失在巴黎,迷失在上海,甚至迷失在印度的孟买。

看了这两段解释和议论,我不禁莞尔,因为这里把 *Lost in Translation* 译成"迷失在东京",已经是对原文的误译了(当然,这个片名不是文章作者翻译的),而作者在此基础上生发的两段解释和议论无疑是对误译的误释。不过我并没有取笑作者的意思,美国著名解构主义理论家德曼(Paul de Man)就说过:"文学语言的特性在于可能的误读和误释。"在德曼看来,如果一个文本排斥或拒绝"误读",它就不可能是文学的文本,因为一个极富文学性的文本,必然允许并鼓励"误读"。德曼还把"误读"分为好和坏、正确和不正确的"误读"。他认为好的"误读"会产生另一个文本,这个文本自身可以表明其是个有意义的误读,或一个产生另外文本的文本。[1] 可见,发生在翻译中的误读与误释自有其研究价值。

由于专业、文化的隔阂和差异,在与翻译相关的领域里发生

---

[1] 参见郭宏安等《二十世纪西方文论研究》,中国社会科学出版社,1997年,第424—425页。

的类似误译、误释，其实并不鲜见。先举一则同样与误释电影片名有关的旧事：多年以前，俄国作家陀思妥耶夫斯基的短篇小说《白夜》被搬上银幕在香港放映，当地一位著名翻译家在看了电影的片名后，也发表了一番议论："去年香港电影协会上映意大利导演维斯康蒂的 *White Nights*，所有中文报纸的介绍文字都把它译为《白夜》。原作是杜思妥也夫斯基的短篇小说，经过维斯康蒂的改编而拍成电影。原作我没有读过，但 White Night 这个名词源自法文，在法文中作'失眠之夜'、'不眠之夜'解。帝俄时，上流社会中流行讲法文，杜思妥也夫斯基当然不会例外。甚至英文 Brewer 的字典也指出作'不眠之夜'讲。在这部电影中，男女主角总是在晚上谈情说爱，最后的一晚则是一个雪夜，这当然又是'双关'，可是前几晚却没有下雪，怎么能说是雪'白'的'夜'呢？"[1]

这里，这位翻译家显然是运用他的英文和法文知识去对俄文中的"白夜"这一特定词语进行解读，并解释得头头是道。然而，就像英文片名 *Lost in Translation* 译成中文的"迷失在东京"后，会增添或失落，甚至扭曲一些信息一样，当这位翻译家把俄文的"白夜"放到英文或法文的文化语境中去进行解释时，同样也会失落和增添，甚至会扭曲一些信息。在陀思妥耶夫斯基的小说中，白夜指的是一种自然现象，即在俄罗斯的偏北地区（北纬60°以北，小说发

---

[1] 林以亮：《翻译的理论与实践》，载《翻译研究论文集（1949—1983）》，外语教学与研究出版社，1984年，第208页。

生的地点在彼得堡，正好地处北纬60°左右）夏天有一段时间（通常在6月10日以后）因晚霞与朝霞相连，曙光与暮光相接，所以整夜不暗，形成所谓"白夜"。陀思妥耶夫斯基的小说中，故事就发生在彼得堡的几个白夜，因而得名。可见，所谓"失眠之夜"或"不眠之夜"等，都是这位翻译家的误释。

至于影剧片名，由于以短居多，而越是精彩的影剧片名，又越是寓意深远，不是一语双关，就是别有出典，那就更让人费心寻味。尤其是有些片名、剧名，借用自《圣经》、莎剧中的警句妙语，对英语文化圈内的读者、观众来说，自然是最基本不过的常识，但对我们这些"圈外人士"来说，如果不了解其文化背景，那就不知其所云，甚至会闹笑话。林以亮先生曾举过好几个非常生动的这方面的例子。[1] 如有一则著名的舞台剧（也有电影），英文原名为 *The Voice of the Turtle*，有人便望文生义地把它译成"乌龟的声音"。该译者显然忘了，乌龟怎么会发出声音呢？其实，这里的"turtle"也可作"turtledove"解，意为"野鸽"。其典出自《圣经·雅歌》第二章：

> For, lo, the winter is past, the rain is over and gone; the flowers appear on the earth; the time of the singing of birds is come, and the voice of the turtle is heard in our land;

---

[1] 以下三则影片片名误译例转引自林以亮文，出处参见上注。

看了这一节文字后,估计就不会有人再把 *The Voice of the Turtle* 译成"乌龟的声音"了。

《天演论》作者之孙、英国著名作家小赫胥黎有一部小说,名为 *Brave New World*,其汉译曾经是《勇敢的新世界》。从字面看,似乎没有什么错,其实错了,问题出在此处的 brave 一词不作"勇敢"解,宜作"好"解。它同样有出典,即莎士比亚《暴风雨》的第五幕第一场米兰达的一句话:

How beauteous mankind is! O brave new world
That has such people in't!

现在 *Brave New World* 一书的中译名通译为《美丽新世界》,比较确切地传递出了作者对20世纪机器文明的反讽意味。还有一部英国电影,片名 *Hobson's Choice*,中译名直译为《霍布森的选择》,粗一看似乎无可挑剔。但电影讲的是一个名为霍布森的皮鞋店老板不愿他的长女嫁给店里的鞋匠,结果三个女儿联合起来反抗他,使他只好答应嫁女的故事。这样,译成"霍布森的选择",意思与剧情正好相反,因为霍布森其实没有选择,只有无奈的接受。事实上,"霍布森的选择"在英语成语词典中也是有出典的,其含义正是"别无选择"。这里,我甚至猜想影片作者是故意把影片的男主人公命名为"霍布森",以收一语双关的妙用。

假如片名涉及英语中的民谚或童谣，那对译者更是莫大的挑战。例如有一部电影的片名为 *Pumpkin Eater*，要不是林以亮指出它与一首童谣"Peter, Peter, pumpkin eater, had a wife and couldn't keep her"有关，我们许多人也许真以为这部片子讲的是一个"吃南瓜的人"的故事呢。而最初也确有人把该片译成《吃南瓜的人》，但后来香港影院正式上映时改译为《太太的苦闷》，算是抓住了原作者的用心，比较切题。

误译，其实不只发生在我们中国人翻译外国作品时，外国人翻译中国作品时，由于不熟悉中国的文化典故，同样会出现误译。也可举一个例子，此例见诸著名汉学家亚瑟·韦利（Arthur Waley）从中文译成英文的陶渊明的诗《责子》。原诗是：

> 白发被两鬓，肌肤不复实。
> 虽有五男儿，总不好纸笔。
> 阿舒已二八，懒惰故无匹。
> 阿宣行志学，而不爱文术。
> 雍端年十三，不识六与七。
> 通子垂九龄，但觅梨与栗。
> 天运苟如此，且进杯中物。

韦利的英译诗为：

White hairs cover my temples,

I am wrinkled and gnarled beyond repair,

And though I have got five sons,

They all hate paper and brush.

A-shu is eighteen:

For laziness there is none like him.

A-hsuan does his best,

But really loathes the Fine Arts.

Yung and Tuan are thirteen,

But do not know "six" from "seven"

Tung-tzu in his ninth year

Is only concerned with things to eat.

If Heaven treats me like this,

What can I do but fill my cup?

把中英文相互对照，立即就能发现，韦利把其中两个儿子的年龄译错了："阿舒已二八"译成 A-shu is eighteen——这里译者显然是不了解汉语年龄的一种独特表达方法。"二八"是指十六岁，如"二八佳人"，而不是二十八岁，更不是十八岁。"阿宣行志学"一句的误译是完全可以理解的。一个外国人，即使是像亚瑟·韦利这样有名的汉学家，也有可能不了解中国人常常用孔子《论语》中的某些说法来表达年龄，如用"而立之年"表示三十岁，"不惑之年"表示四十岁,"知天命之年"表示五十岁等。而"行志学"一句出自《论语》"吾十有五,而志于学",所以"行志学"即暗含阿宣十五岁的意思,而不是"does his best"。[1]

现在我们来看看《迷失在东京》的英文片名 *Lost in Translation* 是怎么回事。与以上引述的那些电影片名、小说名一样,"Lost in Translation"也是有其出典的,它出自二十世纪美国家喻户晓的一位民族诗人罗伯特·弗罗斯特关于诗歌翻译的一句名言:"什么是诗?诗就是在翻译中失落的那个东西。"[2](What is poetry? Poetry is what gets lost in translation.)弗罗斯特的这句话一经出口,就被持"诗不可译"论者反复引用,因此这句话在翻译研究界,尤其是在关注"诗究竟是可译还是不可译"问题的学术圈里,可谓人尽皆知。

---

[1] 中国著名翻译家方重先生也翻译过此诗,作为一个中国人,更作为一个享有盛誉的陶诗研究家,方先生的译文不仅确切地传达了原诗的信息,个别地方还巧妙地传达了原诗的年龄表达方法,如用 twice eight 来翻译"阿舒已二八"句。现录出其中与五个孩子年龄有关的段落,供对照:

Though I have five sons,
    They all dislike the paper and brush.
A-Shu is twice eight,
    For laziness he has no equal.
A-Shuan is approaching fifteen,
    Yet he loves not the arts.
Yung and Tuan are thirteen,
    They don't even know six from seven.
Little Tung is almost nine,
    He always looks for pears and nuts.

[2] 方平先生把这句话译成:"诗,就是经过翻译丧失的那一部分。"

弗罗斯特的话当然不无道理。不必把中文的译诗与外文的原诗进行具体的对照，只要大致比较一下用现代白话翻译的唐诗宋词的译文与原诗原词，我们就能清楚地感觉到，诗经过翻译究竟会变得怎样。在唐诗宋词的现代白话译文里，原作的内容是保留下来了，但原作特有的诗意、美感，以及许许多多可意会不可言传的东西，却失落了。同一语言内部的翻译（翻译研究界称之为"语内翻译"）尚且如此，那么跨越了语言、民族、文化的语际翻译，失落的自然会更多。

然而，弗罗斯特的话也并不意味着诗就真的不可能翻译了。假如真是如此，那么不懂外文的读者要怎样才能欣赏到古往今来那许许多多优秀的外国诗人，包括弗罗斯特本人的杰作呢？即使我们的读者懂一两门外语，也不可能指望他们能懂得这世界上所有的外语啊。所以，我更赞成著名翻译家方平先生的话："原诗就它的内涵而言，比译诗更丰富（且不说两种不同的文字在转换过程中难免会走样），译诗当然代替不了原诗。不过译诗不能替代原诗，并不意味着（在最广泛的意义上），诗歌必然是不能翻译的；或者说，文学翻译必然意味着一种无可弥补的损失。"我更欣赏他那句充满了一个译者的自信的话："好诗，通过翻译，是可以还它一篇好诗的。"[1] 事实上，我们绝大多数读者，都是通过译诗才瞻仰到了雪

---

[1] 方平：《译后记》，载方平译《一条未走的路——弗罗斯特诗歌欣赏》，上海译文出版社，1988年，第224页。

莱、拜伦、惠特曼诗作的风采,才感受到了普希金、波德莱尔、歌德等诗人的魅力的。

不过这话也许有点扯远了,我们的读者恐怕更为关心的是,《迷失在东京》的原作者借用弗罗斯特名言的后半句"lost in translation"做片名想说明什么?这个片名与电影本身的剧情究竟有什么关系?还有,如果要翻译得更加确切、更加切题些,"lost in translation"应该怎么译?

最初看到《迷失在东京》的英文片名 *Lost in Translation*,尤其是看了该片的剧情简介,知道该片讲的是一个好莱坞演员独自一人从美国到日本去拍广告片,在东京邂逅一位陪摄影师丈夫来日本工作的年轻女大学生的故事以后,我曾猜想,这部影片应该与翻译有很密切的关系,也许会讲一讲这两位男女主人公因语言不通而在东京发生的一系列趣事吧。出于对翻译的浓厚兴趣,我迫不及待地借来了《迷失在东京》的电影碟片。电影里果然有一段与翻译直接有关的情节,发生在故事的开始阶段。男主人公、好莱坞演员鲍勃·哈里斯初到东京开始拍广告片时,日本导演在摄影机旁叽里呱啦地对他说了一大通话,对他该如何摆姿势、如何做表情等提出了许多具体的要求,但那个日本女翻译却只翻译了简单的一两句话给哈里斯听。哈里斯感到十分疑惑,问日本女翻译:"他就讲了这么几句?"女翻译回答说"是"。日本导演又讲了一大通话提出要求,但那个日本女翻译仍然只翻译了一两句话给哈里斯听。联系影片英文片名 *Lost in Translation*(直译"翻译中失去的"),这组镜头无疑就是导演对片名最直接的注解了。然而，假如我们以为影片的情节将在哈里斯与日本女翻译间展开，那就大错特错了，因为接下去那个日本女翻译几乎完全销声匿迹了，只在整个影片行将结束之前，即哈里斯即将离开日本回国之际，她才露了一下脸。但是这组镜头在影片中却显然具有非常重要的意义，它连续重复了三次，可见导演对此镜头是赋予深意的。事实上，这组镜头确实是一个象征，是对整个影片故事情节的一个隐喻。

影片的主要情节，被碟片的剧情简介渲染得确实有点像是一个老套的好莱坞风格的爱情故事："东京寂寞的夜空下，两个失眠的美国人在酒吧里相遇了。或许是眼底那份不自觉外泄的孤独令这对陌生男女悄然走到一起，他们在绝望中又若有所盼，暗自期待一次奇遇来改变一切……"然而，假如影片果真只是重复了一对寂寞男女在异国他乡的婚外情故事，这部影片决计不可能在第六十届的威尼斯电影节上获得好评，更不可能在2003年获得奥斯卡最佳编剧奖。诚然，影片中确实不止一次地表现了这一对男女在各自下榻的旅店里如何茫然枯坐，然后又百无聊赖地走上街头、走进酒吧，在酒吧里两人用目光交流、倾诉各自内心的失落和期盼。然而，我们却不能忽视影片更加着力表现的男主人公哈里斯在与他已经离异的妻子通电话时的那种满怀期待，而在妻子薄情地挂断电话时的失落与无奈；我们不能忽视影片同样非常着力表现的女主人公夏洛特在旅店里无奈抽烟等待丈夫的归来，而在丈夫只顾工作把她冷淡地抛在一边离去后，她望着丈夫的背影所流露出来的怅然若失之情。

毫无疑问,这一对男女走到一起来是有其内在的感情基础的。但影片的高明之处在于一次又一次地打破了观众的情感期待:夏洛特在酒吧喝醉了,哈里斯把她抱回旅店房间,把她妥帖地安置在床上。然后,他轻轻地掩上房门,离去了——竟没有以往好莱坞爱情故事片中常见的一夜风流!在影片即将结束时,哈里斯已经整点好行装坐上出租车驶往机场,突然他示意司机停车,原来他在繁华的东京街头,在熙熙攘攘的人流中发现了夏洛特。哈里斯下车追上了夏洛特,他们热情地拥抱,哈里斯还深情地吻了夏洛特,然后,他一边注视着夏洛特,一边慢慢地朝自己的出租车走去——他没有把夏洛特带走一起另筑爱巢!

影片到此结束了,影片的主题也最终表现得淋漓尽致。弗罗斯特的名言问:"什么是诗?诗就是在翻译中失落的那个东西。"反过来我们也可以这么说:"'翻译中失落的'是什么?那就是诗。"而诗在西方文化圈里就是真、是美的化身,是真、是美的象征。至此我们终于可以悟出编剧为影片取名 *Lost in Translation* 的深意了,因为对西方文化圈的观众来说,他们一看到 *Lost in Translation* 这个片名,脑子里自然而然地会跳出"poetry"这个词,然后产生与"真"与"美"的联想。影片中男女主人公所感到失落的、所孜孜寻觅的,不正是这生活中的真情,这生活中的美吗?

Lost in Translation,这真是一个精彩的电影片名!然而,这样一个与翻译有关的寓意深远的片名,却给我们的中文翻译带来了一个莫大的难题:译成"翻译中失落的",中文观众会不知所云;译成

"迷失在东京",却又给观众以误导。也许可以根据影片的剧情,译成"失落的真情"吧。从内容上看,这个译法也许更切题些,但又太俗套、太直白,原文那种名言的高雅、用意的含蓄,荡然无存。不过,这也正是翻译的本质,它总是要失去点什么的。

翻译的风波
——从电影《翻译风波》说起

最近两年美国的好莱坞制片人似乎对翻译特别青睐，继2003年推出情感片《迷失在东京》后，2005年又于4月22日在全球同步推出惊悚大片《翻译风波》（*The Interpreter*）。前一部影片因翻译偏离了原文太远，从中译名看不出与翻译有什么关系，但看了它的英文原名就一清二楚了：其英文原名是 *Lost in Translation*，其内容也确实借用"翻译中所失落的"来隐喻人世间的真情失落。（详情参见《无奈的失落——〈迷失在东京〉片名的误译与误释》）

后一部影片的片名翻译其实也同样有点偏离原文。其英文片名是 *The Interpreter*，直译当为"译员"或"口译员"，而更确切的翻译则应该译为"同传译员"，这样就更切合片中的意义了，因为该影片中女主人公西尔维娅正是纽约联合国会议总部的一名同声传译译员。顺便说一下，联合国会议需要的口译通常都是同声传译，简称"同传"（simultaneous interpretation）。联合国的会议厅通常设有六个供同传译员工作的包厢，行话称作"箱子"（booth），分别翻译联合国采用的英、俄、德、法、中、阿六种工作语言。每个"箱子"里通常有三个译员座位。译员们从"箱子"里可以看见会场的情况，但会场里的代表就不一定都能看见"箱子"里的人。与同声传译相对应的是"交替传译"(consecutive interpretation),简称"交传",常见于政府首脑、官员间的会谈,他们说一段,译员们译一段,交替进行。而同传则通常在说话者开始讲话后几秒钟,至多十来秒便开始翻译,这就要求译员有很强的语言感悟能力,他们要在说话者还没有说完一句话时就猜出说话者这句话所要表达的完整意思并立即翻译出来。

当然,在联合国大会或某些高规格的会议上,发言人通常事先都有发言提纲甚至讲话全文提供给同传译员,这为同传译员们的工作带来很大的便利。但有时发言者会脱离发言稿即兴发挥,这种情况经常发生,所以同传译员并不能照本宣科,否则他们的工作就太轻松了。据说上海有一位相当不错的译员为某位中央首长的讲话做同传时,首长已经脱离稿件在讲话,且举出了一连串反映国内经济领域最新发展的重要数字,而她仍然在照本宣科,并没有把原先发言稿中的陈旧数字及时替换成最新的数字,从而酿成大错,还因此丢掉了同传译员这份工作。这也可算作是发生在现实生活中的一场不大不小的"翻译风波"吧。

影片《翻译风波》讲述的自然是一场大得多的"风波",它与一项暗杀即将在联合国大会发表演说的某位非洲国家元首的阴谋有关:同传译员西尔维娅无意中在"箱子"里听见有人在用只有很少人懂的非洲土语讨论一项暗杀阴谋,但她在向联邦调查局报告了此事后也很快成为凶手追杀的对象。与此同时,联邦调查局对她并不信任,怀疑她说谎。影片就在这样的重重疑虑中展开,整个故事疑云密布，悬念迭现，扣人心弦。除了紧张曲折、跌宕起伏的情节，以及奥斯卡两大影星——影后妮可·基德曼和影帝肖恩·潘——联袂出演极具号召力，影片还有另一个吸引观众的卖点：这是联合国有史以来第一次允许导演进入联合国内部实景拍摄电影。据说导演西德尼·波拉克提出进入联合国内部拍片的申请后，联合国秘书长安南曾召集常驻联合国代表开会讨论此事。与会者一致同意准许波拉克进入联合国内部拍片，仅提出一个要求：希望在拍摄电影时能把自己拍进去，而不要用替身。有人因此颇为恐怖、悬念片大师希区柯克鸣不平：当年希区柯克也曾摄制过一部与联合国有关的影片《西北偏北》（*North by Northwest*），而且也很想到联合国内部实地拍摄，却被拒之门外。同样是惊悚片的大师级导演，希区柯克还是西德尼·波拉克崇拜的偶像，却遭到了截然不同的对待，不由得让人为之唏嘘。

其实，影片《翻译风波》的剧情与联合国并无多大关系，无非是虚构了一个阴谋暗杀某个要到联合国发言的非洲国家元首的故事，从而勉强与联合国扯上点关系而已。不仅如此，《翻译风波》与（作为一个行为的）"翻译"也没有多大关系，它只是与一位从事翻译的人有关罢了。影片的剧情并不是在翻译中发生的，也不是由翻译引发的。当然，在中文里"翻译"也可用来指人，我们可以说某人是"翻译"。但是当"翻译"与"风波"联系在一起时，人们通常会把此片名联想为是翻译（行为）引起的风波，而不可能想到这里的"翻译"指的是人。

不过,这部名为《翻译风波》的电影倒让我想起中外翻译史上,确确实实发生过一些与"翻译"有关的"风波"。

最令人震撼的一场"风波"也许可推美国萨姆瓦(Larry Samovar)、波特(Richard Porter)等学者合作撰写的《跨文化传通》(*Communication between Cultures*)中"外国语言与翻译"一节提到的一段译事了。据该书作者说,第二次世界大战临近结束时,在意大利和德国相继投降之后,同盟国向日本发出了最后通牒,要日本投降,当时日本首相宣布他的政府愿意"mokusatsu"这份最后通牒。但是据《跨文化传通》一书的作者认为,mokusatsu 是一个"不幸的选词",因为这个词既可解释为"考虑"(to consider),也可解释为"注意到"(to take notice of)。然而,日本对外广播通讯社的译员选取了 mokusatsu 一词的"注意到"一义。这样,全世界都听到了,日本只是"注意到"最后通牒的事,它拒绝投降。而实际上日本首相所讲的日语意思很明显,乃是日本政府愿意"考虑"最后通牒,也就是愿意投降的。《跨文化传通》一书的作者们进而分析说,日本对外广播通讯社在广播日本首相的答复时的"这一误译使得美国断定,日本不愿意投降,于是先后在广岛和长崎投下了原子弹。如果当时在翻译中选用了另一个词义,那么,在第二次世界大战中就很可能不会使用原子弹了"。[1]

---

[1] 参见(美)萨姆瓦、波特、简思:《跨文化传通》,陈南、龚光明译,生活·读书·新知三联书店,1988年,第185页。

假如上述说法成立，将无疑为世界翻译史增添极其引人注目的一页。试想，像投掷原子弹这样一个惊天动地的重大事件居然源于一个单词的误译，这该是多么耸人听闻的事啊！然而，令人遗憾的是，我在查找了《和英词典》等工具书后，在 mokusatsu 的词目下，仅发现 to take notice of 的释义，其日文汉字为"目察"，而没有像上述作者所声称的，另外还有 to consider 的释义。看来，不是日本译员的误译使美国人投下了两颗原子弹，而是美国作者的误释使得一幕悲壮的历史剧演变成了一场令人难以置信的荒诞喜剧。

不过，由于译者的误译而"歪打正着"，给某个文学流派凭空增添了一个"开山鼻祖"，倒是文学史上确实发生过的事。法国诗人戈蒂耶在翻译德国作家阿尔尼姆的小说《享有长子继承权的先生们》时，把原文中"Ich kann genau unterscheiden, was ich mit dem Auge der Wahrheit sehen muß oder was ich mir gestalte"（我能够准确地识别，哪些是我必须用眼睛观察的真实，哪些是我自己形成的想法）一句，译成了"Je discerne avec peine ce que je vois avec les yeux de la realite deceque voit mon imagination"（我觉得难于区别我用眼睛看到的现实和用想象看到的东西）。这里，阿尔尼姆原作的本意完全被译反了。然而，不无有趣的是，恰恰是这段错误的译文吸引了超现实主义诗人布列东的注意，他引用这句完全被译反的话，把阿尔尼姆尊崇为超现实主义的先驱。有人因此不无揶揄地评论说，假如布列东能查看一下阿尔尼姆的原作的话，他一定会放弃这一观点。不过这样一来，超现实主义的诗人们也就会失去阿尔尼姆这样一位

"元老先驱"了。

因翻译而引发出轩然大波,在中国翻译史上也不乏其例。清末民初外国文学作品刚开始传入中国时,译者蟠溪子在翻译英国作家哈葛德的小说《迦茵小传》时为了不与中国传统的道德观念相悖,故意把原著中女主人公与男主人公两情缱绻、未婚先孕等情节统统删去。后来林纾重译此书,补全了蟠译删削的情节,却引起读者激烈的反应。有人就此发表评论:"吾向读《迦茵小传》,而深叹迦茵之为人,清洁娟好,不染污浊,甘牺牲生命以成人之美,实情界中之天仙也;吾今读《迦茵小传》,而后知迦茵之为人,淫贱卑鄙,不知廉耻,弃人生义务而自殉所欢,实情界中之蟊贼也。"一前一后,两个译本塑造出了两个完全不同的文学形象,给读者的印象更是截然相反,大相径庭:一个原先"清洁娟好"的"情界中之天仙",竟然一下子变成了一个"淫贱卑鄙,不知廉耻"的"情界中之蟊贼"。翻译能引发怎样的严重后果,由此可见一斑。

还可举一个发生在现实生活中与翻译有关的真实而又有趣的故事。这个故事就发生在十几年前,说的是中国某公司向美国出口一批吉普车,事先美方有关方面已经对这批吉普车的性能、质量表示满意,出口的条件也基本谈妥,就等着公司代表团抵美后签字了。代表团兴冲冲地来到美国,不料在最后谈判阶段这笔生意却流产了。流产的原因不是别的,就是因为这批吉普车品牌的英语翻译!

原来这批吉普车的中文品牌名叫"钢星"——一个很响亮的中国名字。生产者考虑到出口需要,特地给这个品牌名配上了英文翻译。本来，"钢星"可以译成 Steel Star，但是 steel 这个英语单词读起来不够响亮，所以译者就把它音、意兼译，译成了 Gang Star——前一词是汉语"钢"的音译（汉语拼音），后一词则是汉语"星"的英语意译。中文的"钢"和英文的 star[sta:r]，合在一起，念起来真是掷地有声，铿锵有力，生产单位非常满意，但问题却由此而生。美国人看到了车上的这个英文品牌名后立刻惊讶地大呼："Gang Star? Gang Star? 哦，不行，不行！"他们把"gang"这个词念得很响，而且是照英语的读法，把它念成了[gæŋ]。

中国人赶紧纠正他们说："这里的g-a-n-g不念[gæŋ]，念'钢'。是'钢'Star！'钢'Star！"

这些美国人却不管，仍顾自[gæŋ][gæŋ]不止，最后竟至不欢而散，合同自然也没有签成。

中国的出口商和译者怎么也没想到，中文里的"钢"，音译到英文里正好成了一个英语单词 gang，而且这个词又正好是表示"帮派""团伙"之类的意思。由于后一词"星"已经译成 star，美国人自然而然地认为前面的 gang 也是一个译成英文的单词，所以把它念成[gæŋ]。于是中文的"钢星"，译成英文 Gang Star，给人的联想是"黑社会帮派之星""流氓团伙之星"。试想，这样的车谁还会来买，谁还愿意来坐？这笔生意做不成自然是情理之中的事。（这里顺便提一下，这个 gang 确实也"词运不佳"，臭名昭著的"四人帮"，译成英语后也与 gang 这个词有关，叫作"Gang of Four"。）

由于货物品牌外文的翻译不当而造成货物出口受损，"钢星"

吉普车并不是唯一的例子，早年有一种电池出口时也遭遇过类似的厄运。该电池的品牌名为"白象"，在中文里"白象"含有"吉祥如意"的意思，所以在国内颇得顾客好感。但译成英语 White Elephant 后，给人的联想就完全不是这么回事了。在英语中，"白象"给人的联想是"中看不中用的东西"（因为白象比较尊贵，养在家里不干活），于是"白象"品牌的电池上市后的销路也就不难想见了。

与此相反的例子是几则洋货的中文翻译。日本香烟 Mild Seven 不是根据其原义意译成"温柔七星"或"七星牌"（在上海曾经被这样译过），而是把它音译成"万事发"（粤语"万事发"发音与英语 Mild Seven 甚相接近），从而在市场上颇得烟民的青睐；一种外来的名叫 Poison 的香水，聪明的经销商也没有据其原意译成"毒药"，而是根据其英语的发音，音译成"百爱神"，频频博得女士、小姐们的"爱"。

从以上几则例子我们可以看到，"翻译"确实很容易引发"风波"。而翻译之所以会不断引发"风波"，其原因首先是与翻译本身的性质有关。作为一种跨越语言、跨越民族、跨越国界的文化交际行为，正如法国文学社会学家埃斯卡皮（Robert Escarpit）所说，"翻译总是一种创造性叛逆"。所谓"创造性叛逆"，指的是"文本"经过译者的翻译、语言转换，变成了一个新的文本。而这个新的文本，也就是译文，与原文相比已经发生了程度不等的变化，或是对原有的信息进行增添，或是扭曲，或是删节，等等。

有必要强调指出的是，翻译中的这些创造性叛逆，有的是出于译者主观意愿，有意为之，如上述两部电影片名的翻译，译者故意把 Lost in Translation 译成"迷失在东京"，把 The Interpreter 译成"翻译风波"，加强片名的宣传效果，以达到招徕观众的目的。有的则与译者的本意无关，甚至可以说，从主观愿望上讲，译者是想尽可能忠实地传递原文信息的，但是由于对原文的理解和在译文的表达等方面的原因，其客观效果并没有与主观愿望达到一致，有时甚至正好相反，如上述法国诗人戈蒂耶翻译德国作家阿尔尼姆的小说一例就是如此，戈蒂耶主观上肯定没有想过要把这一句法文译成超现实主义的名言。

戈蒂耶的例子还带出了接受者与接受环境的问题，因为翻译中发生的创造性叛逆不光是在译者这一边，还有接受者与接受环境那一边。有时候，在原语环境里明明是正面的东西，经过翻译到了译入语环境里却变成了反面的东西；而有时候，在原语环境里是反面的东西，经过翻译到了译入语环境里也会成为正面的东西。上述"钢星"吉普车的英译之所以会造成一宗生意流产，就是接受者和接受环境的"创造性叛逆"，把 gang（钢）这个中文里很不错的词转化为英文环境里令人产生不佳联想的 gang（与流氓、罪犯有关的帮派、团伙），这当然是中国的英译者所始料未及的。

此外，译入国的道德伦理、社会体制、意识形态等也会成为造成接受环境"创造性叛逆"的重要因素。譬如，20世纪80年代前，像意大利作家薄伽丘的名作《十日谈》和英国作家劳伦斯的名作

《查泰莱夫人的情人》等有较多性爱描写的作品的翻译，就经常是以节译本的形式出现的，它们的全译本要么只能极少量地在内部发行，要么被禁止出版。20世纪80年代有一家出版社因出版《查泰莱夫人的情人》的全译本，受到了极为严厉的处分，这大概可以算是当代中国翻译史上相当严重的一起翻译风波了。

在当代世界人类的社会、政治、文化生活中，翻译正发挥着越来越多、越来越重要的作用，而与此同时，翻译也必然会引发一起又一起的风波。但是，只要我们对翻译的性质及其创造性叛逆有所认识，那么我们也就能冷静、理智地看待翻译的风波了。

译者的隐身与现身

在翻译中,译者究竟应该是隐身还是现身?这个千百年来一直未受到关注的问题,在进入20世纪,尤其是20世纪下半叶以后,越来越成为中外译学界关注的热点。

对于传统的翻译家和翻译研究者来说,既然翻译就是传递原作的信息,那么在翻译中译者当然是应该隐身的,不能也没有权利现身。事实上,千百年来许多译者都自觉躲在幕后,从不露面,甚至在翻译的译作上都没有留下自己的名字,至多留下一个假名。至于与口译员相关的历史资料,更是凤毛麟角,几乎无迹可寻。这当然跟历史上译者和研究者对翻译的定位有关,譬如17世纪法国著名翻译家和翻译思想家于埃(Pierre Huet)就明确提出,翻译要忠实于原文和原作者,要求"翻译的语言要流畅,要能够再创造出原文作者的崇高,而且带给读者的感受要相当于原文带给原文读者的感受"[1]。他特别强调说:"不要在翻译的时候施展自己的写作技巧,也不要掺入译者自己的东西去欺骗读者,因为他要表现的不是他自

---

[1] Douglas Robinson, *Western Translation Theory: from Herodotus to Nietzsche*, London: Routledge, 2014, p. 164.

己,而是原作者的风采。"[1] 他还认为,翻译的最好方式就是"在两种语言所具有的表达力允许的情况下,译者首先要不违背原作者的意思,其次要忠实于原文的遣词造句,最后尽可能地忠实展现原作者的风采和个性,一分不增,一分不减"[2]。

于埃的翻译观可以说代表了中西翻译史上的主流翻译观。从这个角度看,英国著名翻译理论家泰特勒(Alexander Tytler)在1791年出版《论翻译的原则》(*Essay on the Principles of Translation*)一书,并明确提出了在中西翻译史上影响深远的翻译"三原则",即"第一,译本应该完全转写出原文作品的思想;第二,译文写作风格和方式应该与原文的风格和方式属于同一性质;第三,译本应该具有原文所具有的所有流畅和自然"[3],也就不奇怪了,因为这正是对西方翻译史上历代主流翻译思想的总结。站在泰特勒的立场上看,译者在翻译时也没有权利现身,因为译者要做的无非就是传达原文的思想,传递原文的写作风格和方式,再现原文的流畅和自然,仅此而已。

国内译学界曾有人把泰特勒的翻译"三原则"与严复的"信达雅"说联系起来,还猜想严复的"信达雅"说是否受到过泰特勒"三原则"的影响,因为严复有留学英国的经历。不过此事迄今为止还仅仅是猜想而已,并无确凿的事实证据。但由此我们也可发现

---

1 Douglas Robinson, *Western Translation Theory: From Herodotus to Nietzsche*, p. 164.
2 Ibid., p. 169.
3 Ibid., p. 210.

中西翻译思想的相通,同时可以看到在译者的隐身和现身一事上,中西翻译家和思想家的观点显然是异曲而同工的。

其实,在严复提出"信达雅"说以后的半个多世纪里,国内翻译界的主流翻译观并无实质性变化。继严复的"信达雅"说之后,影响较大的有傅雷的"神似"说,认为"以效果而论,翻译应当像临画一样,所求的不在形似而在神似"。在傅雷的心目中,"理想的译文仿佛是原作者的中文写作"。[1]

这个"理想的译文仿佛是原作者的中文写作"的观点在钱锺书的笔下又有了更具体的发挥和阐述。钱锺书著名的"化境"说,究其根本,其所秉持的观点显然是与严复、傅雷以来的观点一脉相承的,因此之故我在《中西翻译简史》一书里把钱锺书作为中国传统译论的最后一位代表人物[2]。钱先生说:"文学翻译的最高标准是'化'。把作品从一国文字转变成另一国文字,既能不因语文习惯的差异而露出生硬的痕迹,又能完全保存原有的风味,那就算得入于'化境'。17世纪有人赞美这种造诣的翻译,比为原作的'投胎转世'(the transmigration of souls),躯壳换了一个,而精神姿致依然故我。换句话说,译本对原作应该忠实得以至于读起来不像译本,因为作品在原文里决不会读起来像经过翻译似的。"这段话与傅雷的话何其相似。因此不难得出结论,在钱锺书看来,译者在翻

---

[1] 傅雷:《〈高老头〉重译本序》,载罗新璋、陈应年编:《翻译论集(修订本)》,商务印书馆,2009年,第623—624页。
[2] 参见谢天振等《中西翻译简史》,外语教学与研究出版社,2009年。

译时自然也是应该"隐身"而无权"现身"的。

只是同样耐人寻味的是,就在提出"化境"说的这同一篇《林纾的翻译》一文里,钱锺书指出林纾作为译者在翻译时不止一处地"现身"的实例,诸如"捐助自己的'谐谑',为迭更司的幽默加油加酱","又或则引申几句议论,使含意更能显豁","凭空穿插进去的,添个波折,使场面平衡","这里补充一下,那里润饰一下,因而语言更具体、情景更活泼,整个描述笔酣墨饱",却又不由自主地流露出了对林译的欣赏甚至推崇:他在找到"后出的——无疑也是比较'忠实'的——译本来读"的时候,"觉得宁可读原文";但是在对照了林纾的译文和哈葛德的原文后,却"发现自己宁可读林纾的译文,不乐意读哈葛德的原文。理由很简单:林纾的中文文笔比哈葛德的英文文笔高明得多"。他把林译中的这种类似译者现身的现象称之为"讹",并认为"恰恰是这部分的'讹'起了一些抗腐作用,林译多少因此而免于全被淘汰"[1]。这里大学者钱锺书似乎也不知不觉地陷入了一个有点自相矛盾的境地。从他对翻译认识的基本立场出发,他显然不能认同译者的现身,在文中他一再声称:"作为翻译,这种增补是不足为训的","正确认识翻译的性质,严肃执行翻译的任务,能写作的翻译者就会有克己工夫,抑止不适当的写作冲动"。[2] 但与此同时,他又"发现自己

---

[1] 引文均见钱锺书《林纾的翻译》,载罗新璋、陈应年编《翻译论集(修订本)》,第774—805页。
[2] 同上,第782—783页。

宁可读林纾的译文，不乐意读哈葛德的原文"，并清醒地看到正是林译中的"讹"使得林译"免于全被淘汰"。

钱锺书面对译者的隐身与现身所不由自主流露出来的矛盾心态，从某种意义上而言，也正好折射出翻译史上在传统译论向现代译论视角转变时期的典型心态：一方面，两千余年来的"原文至上""翻译必须忠实原文"等传统译学观念已经深深地扎根于每个翻译家和翻译研究者的脑海之中；但另一方面，翻译的事实又提示当代翻译研究者，传统译论在对翻译的理解和认识上显然存在着某些偏颇之处。当代英国翻译理论家蒙娜·贝克（Mona Baker）在其所著的《翻译与冲突——叙事性阐释》（*Translation and Conflict: A Narrative Account*）一书的中译本序言中写道："传统的口笔译研究，对于同时代的政治和伦理道德问题，一向采取回避态度，因为这些问题必然会使该领域从事翻译实践和理论的研究人员注意到译者面临的道德困境和责任。之前，人们坚持一种天真的理念，以为翻译，尤其是口译，是完全中立而纯粹的语码转换，不存在译者个人思想的介入。相信译者对现实的叙述能够'完好无损'地传递语言及其他符号信息。学者们因此在'模糊了真相的'理论模式和个案研究中投入大量时间和精力，认为这样就能逐步化解口笔译过程中产生的各种麻烦，甚至能抚平其造成的心理创伤。直到近些年，这种认识才有所改变。"[1] 我很欣赏这段话里贝克所说的"天真的理念""'模糊了真相的'理论模式和个案研究"这种表述,我以为这两个表述言简意赅,直指传统译学理念的要害,直击千百年来直至今天的许多翻译家、翻译研究者的一个认识误区:把社会对翻译的期望、译者的责任以及翻译家为自己设定的追求目标与翻译的客观事实,尤其是与翻译的本质目标混为一谈,从而模糊了翻译的真相,也即翻译的本质。而译者(实际上也包括了译者的翻译行为)的隐身与现身,也就成为传统译论向现代译论视角转变的一个标志性切入点,甚至分界线。

---

[1] 贝克:《翻译与冲突——叙事性阐释》,赵文静译,北京大学出版社,2011年,第19页。

莫言作品"外译"成功的启示

众所周知,莫言获得国际文学界的大奖——诺贝尔文学奖,与其翻译有着非常密切的关系,但其背后的翻译问题,大家(包括国内的翻译界)并不都清楚。日前读到的一位老翻译家在莫言获奖后说的一番话即为一例:他对着记者大谈"百分之百的忠实才是翻译主流",要"逐字逐句"地翻译等似是而非的话,却不知莫言作品的外译与他所谈的"忠实"说相去甚远——英译者葛浩文在翻译时恰恰不是"逐字、逐句、逐段"地翻译,而是"连译带改"地翻译。他在翻译莫言的小说《天堂蒜薹之歌》时,甚至把原作的结尾改成了相反的结局。然而事实表明,葛浩文的翻译是成功的,特别是在推介莫言的作品并让其在译入语国家切实受到读者的欢迎和喜爱方面。德国汉学家顾彬(Wolfgang Kubin)指出,德译者甚至未根据莫言的中文原作,而选择根据其作品的英译本进行翻译,这说明英译本迎合了西方读者的语言习惯和审美趣味。

严格而言,对莫言获奖背后的翻译问题的讨论,已经超出了传统翻译研究中仅仅关注"逐字译还是逐意译"的狭隘的语言文字转换层面,而进入了译介学层面,即不仅要关注如何翻译的问题,还要关注译作的传播与接受等问题。其实,经过中外翻译界一两千年的讨论，前一个问题已经基本解决。"翻译应该忠实原作"已是译界的基本常识，毋需赘言；至于应该"逐字译""逐意译"，还是两相结合等，有独特追求的翻译家自有其主张，也不必强求一律。倒是后一个问题，即译作的传播与接受等问题，长期以来遭到忽视甚至无视，需要我们认真对待。由于长期以来我们国家对外来的先进文化和优秀文学作品一直有强烈的需求，所以我们的翻译家只需关心如何把原作翻译好，而甚少甚至根本无须关心译作在中国的传播与接受问题。然而今天我们面对的是一个新的问题：中国文学与文化的外译问题。在国外，尤其在西方，尚未形成像我们国家这样对外来文化、文学有强烈需求的接受环境，这就要求我们必须考虑如何在国外，尤其是在西方国家培养中国文学与文化的受众和接受环境的问题。

归纳起来，莫言获奖背后的翻译问题主要有如下几个：

首先是"谁来译"的问题。莫言作品的外译者，除了美国的"中国现当代文学的首席翻译家"葛浩文，还有法译者杜特莱（Noël Dutrait）夫妇和尚德兰（Chantal Chen-Andro），瑞典语译者陈安娜等。这都是些外国译者，他们对莫言作品在国外的有效传播与接受发挥了至关重要的作用。正如诺奖评委马悦然（Göran Malmqvist）所指出的，他们"通晓自己的母语，知道怎么更好地表达。现在（中国国内的）出版社用的是一些学外语的中国人来翻译中国文学作品，这个糟糕极了。翻得不好，就把小说给'谋杀'了"。马悦然的说法也许不无偏激之处，因为单就外语水平而言，国内并不缺乏与这些外国翻译家水平相当的翻译家。但是,在对译入语国家读者细微的用语习惯、独特的文字偏好、微妙的审美品位等方面的把握上,我们还是得承认,国外翻译家有着国内翻译家较难企及的优势。这是我们在向世界推介中国文学和文化时必须面对并认真考虑的问题。

其次是作者对译者的态度问题。莫言在对待他的作品的外译者方面表现得特别宽容和大度,给予了充分的理解和尊重。他不仅没有把他们当作自己的"奴隶",而且表示明确放手:"外文我不懂,我把书交给你翻译,这就是你的书了,你做主吧,想怎么弄就怎么弄。"正是由于莫言对待译者的这种宽容大度,他的译者才得以放开手脚,大胆地"连删带改",从而让莫言的外译本跨越了"中西方文化心理与叙述模式差异"的"隐形门槛",成功地进入了西方的主流阅读语境。有人曾对莫言作品外译的这种"连译带改"的译法颇有微词,质疑说:"那还是莫言的作品吗?"对此,我想提一下林纾的翻译。对于林译作品是外国文学作品这一点,恐怕不会有人表示怀疑吧?这里其实牵涉一个民族接受外来文化、文学的规律:它需要一个接受过程。我们不要忘了,中国读者从读林纾的《块肉余生述》到读今天的《大卫·科波菲尔》乃至《狄更斯全集》,花了一百多年的时间。而西方国家的读者对东方包括中国文学和文化产生真正的兴趣,却是最近几十年才刚刚开始的,因此,我们不能指望他们一下子就会对全译本,以及作家的全集感兴趣。但是,随着莫言获得诺奖,我相信,在西方国家很快会有出版社推出莫言作品的全译本，甚至莫言作品的全集。

再次是译本由谁出版的问题。莫言作品的外译本都是由国外的著名出版社出版的，譬如其法译本的出版社瑟伊（Seuil）出版社就是法国最重要的出版社之一，这使得莫言的外译作品能很快进入西方的主流发行渠道，并在西方得到有效的传播。反之，如果莫言的译作全是由国内出版社出版的，恐怕就很难取得目前的成功。近年来，国内出版社已经注意到这一问题，并开始积极开展与国外出版社的合作，这很值得肯定。

最后，作品本身的可译性也是一个需要注意的问题。这里的可译性不是指作品翻译时的难易程度，而是指作品翻译成外文后是否比较容易保留原作的风格，原作的"滋味"，容易被译入语读者所理解和接受。譬如有的作品以独特的语言风格见长，其"土得掉渣"的语言让中国读者印象深刻并颇为欣赏，但经过翻译后，它的"土味"荡然无存，也就不易在非中文语境中获得同样的接受效果。有人对贾平凹的作品很少被翻译到西方，甚至几乎不被关注感到困惑不解，认为贾平凹的作品也很优秀，似乎并不比莫言的差，为什么他的作品没能获得像莫言作品一样的成功呢？这其中当然有多种原因，作品本身的可译性恐怕也是其中的一个。莫言作品被翻译成外文后，"既接近西方社会的文学标准，又符合西方世界对中国文学的期待"，让西方读者较易接受。类似的情况在中国文学史上也早有先例。譬如白居易、寒山的诗外译就很多，传播也广，相比较而言，李商隐的诗外译和传播就要少，原因就在于前两者的诗浅显、直白，易于译介。《寒山诗》更由于其内容中的"禅意"，在盛行学禅之风的20世纪五六十年代的日本和美国得到广泛传播，其地位甚至超过了孟浩然的诗。

综上所述，文学作品的跨国、跨民族译介与传播是个非常复杂的问题，尤其涉及中国文学的对外译介，更受制于多种因素。国内有些人往往只是从外译中的角度来看待中译外的问题，这就把问题简单化了，背离了译介学的规律。莫言作品外译的成功可以在这方面给予我们以有益的启示。

支持葛浩文"我行我素"

自莫言获得诺贝尔文学奖以来,作家本人成为文化界和媒体关注的焦点自不待言,他作品的外文译者同样成为学界和媒体关注的热点。译者当中最受关注的是莫言作品的英译者葛浩文,这不难理解:英译本传播面广、读者多,不光有英语世界的读者,还有国内一大批懂英语的读者。受到关注本来是好事,但与此同时还出现了一些所谓翻译研究者,他们拿着莫言的原作与葛浩文的英译本逐字逐句对照,得出的结论是,他"把别人的作品删改坏了"!更有甚者,2013年某报在报道葛浩文的一场报告时,用的通栏大标题竟然是《"连译带改"风格遭质疑 莫言作品英译者选择"妥协"》。文中明确提到,"在翻译莫言的作品《蛙》时,他(指葛浩文)选择了乖乖地忠实原著"。一方面,我们都看到,葛浩文的翻译"是把莫言作品推向诺奖领奖台的一个不可或缺的原因",另一方面,却又对他的翻译表示"质疑",说他"改坏了"莫言的原作,现在"选择了乖乖地忠实原著",似乎此前他的翻译都是"不忠实"的。不难发现,围绕葛译莫言作品的这些自相矛盾的立场、心态和观点,不光引发了国内翻译界对葛译莫言作品认识的混乱,同时也给译者葛浩文增加了相当大的压力。他在一篇文章中就坦承:"这让我在工作时如履薄冰。"

在这样的背景下,我读到葛浩文的文章《我行我素:葛浩文与浩文葛》(已发表在2014年第一期《中国比较文学》上,以下简称《我行我素》),感到特别欣慰。2013年11月24日,我在收到葛浩文的文章之后,立即给他发去电邮:"大作收到,匆匆拜读,觉得非常精彩。尤其是文中传递出的您的翻译立场'我行我素',让我十分欣慰。此前听到您在会上说,因为莫言得奖后您的翻译引起众多人的研究和注意,您今后的翻译会更小心些,更注意贴近原文一些。我听后很担心您会被目前某些所谓翻译研究者的意见牵着鼻子走。现在看了您的文章标题后让我放心不少。我觉得您就应该继续按照您原先的翻译道路走,不要理睬某些翻译研究者的意见。"

葛浩文也于翌日立即发来电邮回复,说:"谢谢你的赞扬,谢谢你的关注,谢谢你的关心。记不得那些话是在怎样的情况下讲的,不过,我即使想改变翻译的态度、做法等也改不了。其实,我也不想改。欢迎大家来批评。"

葛浩文的《我行我素》是一篇很有趣的文章,他虚拟了一个浩文葛对葛浩文进行访谈,形成自问自答,实质上是葛浩文针对外界对他翻译的质疑的回应,以及他自己关于翻译的一些思考的自我阐述。在文中他表示,现在"很不乐意接受采访",原因是"采访者和他们的文字编辑,太容易断章取义,在某一个场合针对某一件事或某个作品说的话,常常被乱引用"。但同时他也表示:"我仍然比较乐意看到宏观式的剖析,希望他们能从更宽的视角评论我的译作,从一整部作品的忠实度(fidelity)上来判定作品的成功度(degree of success),如语调、语域、清晰度、魅力、优美的表达,等等。要是因为一个文化的或历史的所指没有加上注脚(可悲但又是真的批评),或者,因为一个晦涩的暗指解释不当,据此批评译文不够好,这种批评是没有益处的。"我以为这个意见正击中国内某些翻译研究的要害。我们的一些研究者对某部译作进行研究时,就不是从译作整体的忠实度和成功度出发,而是眼睛只盯着译文中的只言片语,发现某些句子或段落未能字当句对时,就觉得这部译作"不忠实",甚至断言其"不合格"。多年以来,我们在评选鲁迅文学奖"全国优秀文学翻译奖"时的弊病,现在在对葛译莫言作品进行研究时又一次暴露出来了,其根源在于国内的某些研究者不懂得文学翻译的性质与特点,不懂得对文学翻译成功与否的判定必须到译入语环境中去考察,而不是仅仅根据译文与原文是否字当句对来决定。

该文中,葛浩文还明确表达了他的翻译态度:"对待翻译我有一个基本的态度,有一个目标。我怀着虔诚、敬畏、兴奋,但又有点不安的心态接近文本。翻译完成以后,文本就仿佛是新认识的一个朋友。作为一个译者,我首先是读者。如同所有其他读者,我一边阅读,一边阐释(翻译?)。我总要问自己:是不是给译文读者机会,让他们能如同原文读者那样欣赏作品?有没有让作者以浅显易懂的方式与他的新读者交流,而且让新读者感受到对等程度的愉悦或敬畏或愤怒?等等。"不难发现,葛浩文采取的翻译策略是让译文读者"不动",尽可能地让原作者和原作"走近"读者,让读者可以比较轻松容易地接受译作,从而对原作者和原作产生兴趣。这在读者普遍对翻译作品,特别是对中国文学作品还不是很熟悉,甚至还不是很感兴趣的美国(此前曾有过一个资料表明,翻译作品仅占全美出版物总数的百分之三),应该是一个比较有效的翻译策略。想一想严复、林纾那个时代吧,那时的中国读者刚刚开始接触外国文学,读惯了唐宋传奇小说和明清章回体小说的中国读者同样也不习惯读翻译作品。严复、林纾、伍光建等中国早期翻译家的翻译策略同样是"连删带改":风景描写、心理描写统统删去,人物姓名、地名等统统"翻译"成地道的中国人名和地名,甚至整部小说都被"翻译"成章回体小说。然而,我们的读者正是读着这样"连删带改"的林译小说慢慢地喜爱上了外国文学,同时也慢慢地不再满足于读删节本的翻译小说,而开始追求读全译本,甚至读作家的全集。必须指出的是,我们从读林译小说到今天追求读全译本,花了一百多年,而今天英语国家的中国文学翻译作品的读者,其接受水平也就与我们国家当年林译小说读者的接受水平相仿,这也就是我此前一再指出的存在于中西文化交流中的"时间差"。有鉴于此,我们应该对他们的阅读习惯和审美趣味,以及译者所采取的相应的翻译策略表示理解。

最后,有必要再次强调的是,翻译的本质是一种跨文化的交际行为,判断一个翻译行为成功与否,要看它是否有效地促进和实现了不同民族之间的跨文化交际,而不是用所谓"忠实"(原文与否),更不是用自以为是的所谓"合格的译本"概念去套。只有从这样的立场出发,我们才有可能正确理解翻译的性质,也才有可能对译者和他的翻译行为是否合理和成功作出正确的判断。

文学奖如何真正成为一种导向？
——对第五届鲁迅文学奖优秀文学翻译奖空缺的一点思考

随着第五届鲁迅文学奖（下简称鲁奖）于2010年11月9日在鲁迅先生的故乡绍兴正式颁奖，围绕着这届评奖结果展开的热议和质疑渐趋平息。此时再来对这届鲁奖的优秀文学翻译奖空缺发表一点意见，就不是对新闻热点的追捧和炒作，而是希望能对鲁奖这一中国文学领域（包括文学翻译领域）最高级别的评奖进行一点理智、冷静的思考。

对于这届鲁奖优秀文学翻译奖的空缺，有关评委的解释是，尽管"中国的外国文学翻译在近一二十年间的发展，其成就超过了以往任何时代。然而在表面的热闹之下，能感动读者、令人信服的文学佳译却似乎不多，粗制滥译的反倒并不少见，很多译本经不住显微镜观察，甚至硬伤累累。在这样的背景下，第五届鲁迅文学奖文学翻译奖空缺，实际上是这一种必然"。

对此解释我颇不以为然。我当然赞成在评选鲁奖优秀文学翻译奖时要考虑译作的翻译质量，那些翻译质量"硬伤累累"的译作不能入选鲁奖，我认为是完全应该的。然而现在的问题是，除了译作的翻译质量，我们的评委们是否还考虑过其他因素？第五届鲁奖曾有五部译作进入候选，但最终还是无一获奖，有关负责人解释说是这"五部备选作品都没有达到获奖标准"。鲁奖优秀文学翻译奖的获奖标准具体包括哪些内容，我们不得而知，但从有关评委屡屡提及的关于备选作品"翻译疏漏层出不穷""翻译表达不贴切、不准确"等意见来看，不难想见，评委们关注的主要也就是译作的翻译质量，最多还有编辑质量罢了。

然而，在评选代表一个国家最高级别的优秀文学翻译奖时，把眼光仅仅或主要集中在译作的翻译质量及编辑质量上——具体而言，即其语言文字转换是否贴切、准确等，是不是就够了呢？假设有一部译作，它的翻译质量达到了评委们的要求，表达贴切、准确，也没有累累"硬伤"，这样的译作就可以获得鲁奖优秀文学翻译奖了吗？若是如此，那么，这样的评奖无疑是把一项崇高的国家级别的优秀文学翻译评奖降格成了一桩普通的文学翻译竞赛评奖了——文学翻译竞赛的评奖才是把翻译的质量放在首位而不顾及其他因素的。

鲁奖评选的是优秀的翻译文学作品。何谓优秀的翻译文学作品？众所周知，文学翻译承担的一个重要任务就是向译入语国家的读者译介在古今世界文学史上占有重要地位的、优秀的外国文学作家及其作品。因此，评判一部译作是否称得上是优秀的翻译文学作品，首先我们应该看它译介的原作是否属于优秀文学作品之列。如果原作是一部二三流的作品，甚至是文学垃圾，那么即便其译作的质量再高，也没有资格入选像鲁迅文学奖这样的国家级别的奖项。

其次，评判一部译作是否属于优秀的翻译文学作品，还应该看它是否对译入语国家的文学、文化作出了贡献。譬如20世纪80年代以来译介入中国的拉美魔幻现实主义、结构现实主义等作品，对刷新中国读者对世界文学的认识、启迪中国作家的创作理念等，作出了重要的贡献。我们的作家在读了马尔克斯的《百年孤独》等作品后发出感叹："原来小说还可以这样写！"我以为像这样的译作就应该被称作优秀的翻译文学作品。假如一部译作翻译质量还不错，出版后也广受读者欢迎，发行量还很大，那至多也就是一部畅销书而已，绝对不够优秀翻译文学作品的资格。

最后，优秀的翻译文学作品当然应有较高的翻译质量。但这里的质量不应该只是指译文在对原作的语言文字转换层面上的毫无瑕疵，还应该指译作能否给译文读者以原作读者同样的美的享受，同样的心灵感动，同样的思想启迪，或如草婴先生所言，让读者在读译作时能"如闻其声，如见其人，如历其境"。换言之，作为一部文学作品，译作应该像原作一样，营造出一个优美、生动、丰富、充满魅力的文学世界，这样的译作才称得上是优秀的翻译文学作品。

优秀的翻译文学作品当然不应该有"累累硬伤"，但我也反对把译作放在"显微镜"下观察。这种做法不是在评优秀文学翻译奖，而是外语教师在批改学生的翻译作业。对于偌大一部译作来说，正如钱锺书先生所言，"译文总有失真和走样的地方，在意义或口吻上违背或不尽贴合原文"。因此，译作中是否存在翻译瑕疵，不应成为其能否获奖的主要考虑因素。第五届鲁奖优秀文学翻译奖的空缺还造成了一个假象，似乎目前我们国家已经没有了优秀的翻译文学家，已经没有了优秀的翻译文学作品。这对目前仍然健在的优秀翻译文学家来说显然是不公正的，同时也不符合目前我们国家文学翻译的现状。我当然承认，目前市场上粗制滥译的翻译作品不少，它们败坏了我们国家文学翻译的声誉，但是它们不是中国目前文学翻译的代表，代表中国目前文学翻译水平和成就的，应该是草婴、杨绛、李文俊、杨武能、赵德明等一批真正优秀的翻译文学家。

我们的评委一方面对着翻译质量"硬伤累累"的备选译作慨叹"目前能感动读者、令人信服的文学佳译却似乎不多"，另一方面却对大家公认的翻译大家及其优秀译作视而不见；一方面强调"文学翻译应是一门精致的艺术"，应"给予足够翻译时间，慢工出细活儿"（评委会主任蓝仁哲教授语），另一方面却又急功近利地把目光囿于最近三年出版的翻译作品。正是由于这种过于功利的评奖标准和方法，凝聚着著名翻译家草婴先生毕生精力和心血的煌煌十二卷《托尔斯泰小说集》、李文俊先生自20世纪80年代以来精心翻译的福克纳作品等，也就无缘鲁奖优秀文学翻译奖了。这对鲁迅文学奖实在是一种讽刺，同时也是鲁奖优秀文学翻译奖迄今在广大读者心目中缺乏权威性的原因所在。

作为我们国家最高级别的优秀文学翻译奖——鲁迅文学奖，本来理应担当起正确的导向作用，即通过评奖展示中国现阶段真正优秀的翻译文学作品，通过评奖引导中国广大翻译工作者向草婴先生等这样一批献身崇高的文学翻译事业终生不渝的杰出翻译家学习。但是由于目前这种过于功利的评奖标准和方法,一批优秀的翻译文学家及其译作被排斥在评奖的范围之外。

由此可见,本届鲁奖优秀文学翻译奖的空缺,与其说是因为中国目前文学翻译界缺乏优秀的翻译作品,不如说是目前的鲁奖优秀文学翻译奖的评奖理念、机制、方法、标准等方面存在着一些问题。也许,现在到了对鲁奖优秀文学翻译奖的评奖理念、机制、方法、标准进行适当调整的时候了?

中国文化如何"走出去"?

中国文化如何"走出去"?或者说得具体些:中国文化如何才能走出国门,为世界其他民族所了解,所接受,并在其他民族文化中产生影响和作用?

对这个问题我们国家历来非常重视,有关部门也做了不少工作,甚至还有大量的资金投入。然而坦率地说,与投入相比,我们在这方面所取得的实际效果恐怕远没有达到预期的效果。有一个例子也许多少能说明这个问题:前几年作家刘心武访问法国,他发觉接待他的法国人中间几乎没有人知道鲁迅。按理说,自20世纪50年代起,在国外出版的鲁迅著作的译本并不少,有英文的、法文的,还有其他语种的。接待刘心武的法国人也应该都是些文化人吧?他们却不知道鲁迅。

还有一个例子:杨宪益、戴乃迭夫妇翻译的《红楼梦》一直是被国内翻译界推崇备至的中译英的经典译作。事实上,其翻译品质也确属上乘。但其在国外的影响如何呢?我指导的一位博士生对一百七十多年来十几个《红楼梦》英译本进行了相当深入的研究,并到美国大学图书馆进行实地考察、收集资料,发现与英国汉学家霍克思(David Hawkes)、闵福德(John Minford)翻译的《红楼梦》相比，杨译本无论是在读者的借阅数，研究者对译本的引用率，还是在发行量、再版数等上，都有较大差距。

对这两个例子我并不感到意外。因为我发现，在此之前，我们在中国文化如何"走出去"的问题上一直存在一个认识上的误区，总以为只要把中国文化典籍或中国文学作品翻译成外文，中国文化和文学就可以自然而然地"走出去"了。这显然是把这个问题简单化了，没有考虑译成外文后的作品如何才能在国外传播，如何才能被国外的读者接受。一千多年来，中外文学、文化的译介史早就表明，中国文学和文化之所以能被周边国家和民族所接受并产生很大的影响，主要并不是靠我们的翻译家把中国文学和文化翻译成他们的文字，然后输送到他们的国家去，而是靠当地对中国文学和文化感兴趣的专家、学者、翻译家，或是来中国取经，或是依靠他们在本国获取的相关资料进行翻译，在自己的国家出版及发行，然后在他们各自的国家产生影响。譬如古代日本就翻译和出版了大量中国古代的文学和文化典籍，对当时日本的社会和文化产生了很大的影响。所以，即使我们出版了一本甚至一批翻译质量不错的中译外的译作，如果这些译作未能为国外广大读者所阅读、所接受、所喜爱，那么中国文化显然难以仅凭借其"走出去"。

今天我们在思考中国文化如何"走出去"的问题时，首先要树立国际合作的眼光，要积极联合和依靠国外广大从事中译外工作的汉学家、翻译家，加强与他们的交流和合作，摒弃那种以为向世界译介中国文学和文化"只能靠我们自己""不能指望外国人"的偏见。其实，我们应当冷静地想一想，国外的文学和文化是靠谁译介进来的？是靠外国的翻译家，还是靠我们自己的翻译家？答案是很清楚的。事实上，国外有许多汉学家和翻译家，对中国文学和文化都怀有很深的感情，多年来一直在默默地从事中国文学和文化的译介，为中国文学和文化走进他们的国家作出了很大的贡献。假如我们能给予他们精神上、物质上，乃至具体翻译实践上的帮助，他们在中译外的工作中必将取得更大的成就。通过他们的努力，中国文学和文化也必将在他们的国家更加广泛地传播，从而产生更大、更有实质性的影响。

有鉴于此，为了让中国文学和文化更有效地走出去，我觉得我们可以做两件事。一是设立专项基金，鼓励、资助国外的汉学家、翻译家积极投身中国文学、文化的译介工作。我们可以请相关专家学者开出一批希望翻译成外文的中国文学、文化典籍书目，向世界各国的汉学家、中译外翻译家招标。中标者不仅要负责翻译，同时还要负责落实译作在各自国家的出版，这样做对促进中国文学作品和文化典籍译本在国外的流通有切实的效果。与此同时，也可对主动翻译中国文学和文化作品的译者进行资助。尽管这些作品不是我们推荐翻译的，但毕竟也是中国文学和文化的作品，而且因为是他们主动选择翻译的，也许会更受到相应国家读者的欢迎。

二是在国内选择适当的地方建立一个中译外的常设基地，这种基地相当于一些国家的翻译工作坊或"翻译夏令营"。邀请国外从事中译外工作的汉学家、翻译家来基地小住一两个月。在他们驻基地期间，我们可组织国内相关专家学者和作家与他们见面，共同切磋他们在翻译过程中碰到的问题。2008年3月，英国艺术委员会（相当于英国文化部）与中国新闻出版总署联手在杭州莫干山举办的一个为期一周的中英文学翻译研讨班，就是一个很好的开端。这个研讨班邀请了二十名在国外从事中译英文学翻译的翻译家和二十名在国内各大出版社从事外国文学翻译、出版的资深编辑，同时还邀请了两名英国作家和两名中国作家，共同就中英文学翻译中的一些具体问题进行深入的探讨。我在研讨班上就翻译理论做主题报告时，就提到了上述建议，结果引起国外翻译家们极其浓厚的兴趣，报告结束后他们纷纷走上前来询问这两个建议的可行性。

我这样说，并不意味着国内从事中译外工作的翻译工作者在让中国文化"走出去"一事上就无所作为了。前不久《中国读本》一书由上海长江对外出版公司翻译成英文后在海外发行，就取得了较大的成功。究其成功的原因，在于译者在翻译时并不是简单地把文本从中文译成英文就算完事，而是在原文的基础上进行深度再加工、再创作，"用西方的语言，按西方人喜欢并乐意接受的方式讲西方人听得懂的'中国故事'"。事实上，在中国文化"走出去"这件事上，全靠我们中国人不行，但全靠外国人也不行。

语言差与时间差
——中国文化"走出去"需重视的两个问题

随着近年来中国经济实力的增强和国际地位的提升,以及中国国际交往的日益频繁,中国文化如何才能真正有效地"走出去",成为从国家领导到普通百姓都非常关心的一个问题。但中国文化"走出去",并不是要搞"文化输出",更不是要搞"文化侵略",而是希望通过对中国文化,包括中国文学,在世界各国的译介,让世界各国人民更好地了解中国、认识中国、理解中国,从而让中国人民与世界各国人民共同建设一个更和谐的世界。众所周知,文学和文化是一个民族最形象、最生动的反映,通过文学和文化了解其他民族,也是最便捷的途径之一。

然而长期以来,我们国家从高层领导到普通百姓在"中国文化如何走出去"这个问题上却存在着一个认识误区,即将其简单地理解为一个翻译问题,以为只要把中国文化典籍和中国文学作品翻译成外文,中国文学和文化就自然而然地"走出去"了。问题当然并非如此简单。

最近几十年来的中国比较文学译介学理论和当代西方翻译理论都已经揭示,翻译不是一个在真空中发生的简单的语言文字转换行为，而是一个受到译入语国家政治、意识形态、时代语境、民族审美情趣等许多因素制约的文化交际行为。因此，想要让翻译取得预期的效果，产生应有的影响，我们的目光必须从单纯的语言文字的转换层面跳出来，关注翻译行为以外的种种因素，包括翻译与文化的跨国、跨民族、跨语言的传播方式、途径、接受心态等因素之间的关系等问题。

借助译介学的视角审视"中国文化走出去"的问题，我们就会注意到以前相当长的时间里某些做法存在的问题。譬如，以国家、政府的名义，编辑和发行英、法文版的《中国文学》月刊，向外译介中国文学和文化；以国家出版社的名义，翻译、出版介绍中国文学作品的《熊猫丛书》等。这些做法其效果究竟如何，有没有达到预期的目标，有哪些经验和教训等，都值得我们认真地研究和总结。

限于篇幅，本篇仅提出其中两个被我们忽视的问题，一个是语言差问题，另一个是时间差问题。

所谓语言差，指的是使用汉语的中国人在学习、掌握英语等现代西方语言并理解与之相关的文化方面，比使用英、法、德、俄等西方现代语言的各西方国家的人民学习、掌握汉语及理解中国文化要来得容易。

所谓时间差，指的是中国人全面、深入地认识西方、了解西方，积极主动地译介西方文化至今已经持续一百多年了；而西方人对中国开始有比较全面深入的了解，也就是中国经济崛起的这二三十年的时间罢了。具体而言，自鸦片战争起，西方列强已经开始进入中国并带来了西方文化；清末民初，中国人更是兴起了学习西方的热潮。与之相对的，西方开始有比较多的人积极主动地来认识和了解中国文化，还是最近这二三十年的事。

由于语言差的存在，因此虽然在中国能够有很多精通英、法、德、俄等西方语言并理解相关文化的专家学者，我们却不可能指望在西方同样有许多精通汉语并深刻理解中国文化的专家学者，更不可能指望有大批能够直接阅读中文作品，并能比较深刻地理解中国文化的普通读者。而由于时间差的存在，中国拥有比较丰厚的西方文化积累，也拥有一大批对西方文化感兴趣的读者，他们都能较轻松地阅读和理解译自西方的文学作品和学术著述。当代西方则不具备我们这样的优势，更缺乏相当数量的能够轻松阅读和理解译自中文的文学作品和学术著述的读者。某种程度上，当今西方各国阅读中国作品的普通读者，大致相当于我们国家严复、林纾那个年代阅读西方作品的中国读者。明乎此，我们也就能够理解：为什么当今西方国家的翻译家们在翻译中国作品时，多会采取归化的手法，且会对原本有不同程度的删节；而我国出版社提供的无疑更加忠实于原文、更加完整的译本，在西方却会遭到冷遇。只要回想一下，我们国家在清末民初介绍外国文学作品时，也经常对原文进行大幅度的删节，甚至还要把外国的长篇小说"改造"成章回体小说，这样才能被当时的中国读者所接受，那么，也就不难理解今天中国文学作品和中国文化典籍在西方的遭遇了。

有人也许会质疑上述"时间差"问题，认为西方对中国文化的译介也有很悠久的历史，有不少传教士早在16世纪就已经开始译介中国文化典籍了，譬如利玛窦（Matteo Ricci）。理雅各（James Legge）也在19世纪中叶译介了中国的四书五经等典籍。这当然是事实，但他们没有注意到另一个事实，即最近一百多年来西方文化已经发展成当今世界的强势文化。多数西方读者满足于自身的文化，对他者文化缺乏兴趣和热情，这从翻译出版物在西方各国出版物总量中所占的比例即可看出：在美、英等国，翻译作品只占这些国家总出版物数量的百分之三五，与翻译作品占总出版物数量将近一半的中国相比，不可同日而语。

"语言差"和"时间差"问题的存在，提醒我们在推动中国文化"走出去"时，必须关注当代西方读者在接受中国文学和文化时的以上特点。我们在向外译介中国文学和中国文化时，不要操之过急，一味贪多、贪大、贪全，在现阶段不妨考虑多出一些节译本、改写本，这样做的效果恐怕要比推出那些"逐字照译"的全译本、大而全的"文库"的效果还要来得好，投入的经济成本还可低一些。

"语言差"和"时间差"问题的存在，也恰好证明了国内从事中译外工作的翻译家还是大有可为的。我们以前强调一个国家、一个民族接受他国、他民族的文化主要依靠的是本民族的翻译家，是从文化的跨语言、跨民族传播与接受的一般规律出发而言的，譬如我们接受西方文化，或者东南亚各国接受中国文化，就是如此。但是由于中西文化交流中的"语言差"和"时间差",我们不可能指望西方也像我们国家一样拥有众多精通汉语的汉学家和翻译家。因此,通过合适的途径和方式,中国的中译外翻译工作者完全可以为中国文化"走出去"一事发挥他们的作用,作出他们的贡献。

第二编 学界杂俎

纸质文本的深度阅读改变人生

几年前我曾问过一群翻译专业的研究生,请他们举出一本上大学以后,以及读研究院以来共五年多时间里读过的印象最深的非专业图书,结果全班二十来个研究生竟然没有一个人能举出一本。事后我从同事口中了解到,这并非个别现象。事实上,现在的年轻人越来越满足于网上阅读,越来越少人能沉下心来捧一本纸质的人文图书潜心阅读。这个现象让我非常震惊,因为网上的快餐式浅度阅读大多是解决一时之需,不大可能代替通过纸质文本或类纸质文本的电子文本的深度阅读培育、铸造读者的人文素养。长此以往,年轻一代的人文素养恐怕堪忧。我自己的阅读体会是,对纸质文本的深度阅读改变了我的人生,也铸造了我充实的人生。

我从小喜欢读书。20世纪50年代初,我们国家出过不少各个国家的民间故事选(或集),什么《朝鲜民间故事》《立陶宛民间故事》,我一本接一本,看得津津有味。看完了借得到的所有的民间故事以后,我又转向了童话故事书,《格林童话》《安徒生童话》都找来看了。进入小学高年级后,我不满足于读那些短篇故事,于是开始找长篇小说读,从《水浒传》《三国演义》《封神演义》《说岳全传》等,到一些苏联的翻译小说,如《古丽雅的道路》

《短剑》《卓娅和舒拉的故事》等，都是我当时最热衷的读物。

1956年我考上了光明中学。考进中学有一件事让我最感兴奋，那就是我有了学生证（因为小学生没有学生证）。有了学生证，就意味着我可以进入上海图书馆看书了！当时上海图书馆有规定，要凭证件才能进馆看书，没有证件的人要身高在一米四七以上才可以进馆。我那时个子矮小，大约才一米四五，所以只好到我家附近的黄浦区图书馆看书。但那个图书馆的书品种少，我感兴趣的不多。所以取得了学生证之后，我做的第一件事就是直奔向往已久的上海图书馆看书。

当年上海图书馆读者读书的盛况现在回想起来简直像天方夜谭。那时上海图书馆还没有现在的新馆，还在南京西路、黄陂路口，市中心人民公园的西北角，有一口大钟的大楼内。每逢星期天，进馆看书的读者特别多，入口处总会排起长长的等候入馆的队伍，通常有二三十人，多时则从二楼一直排到底楼，恐怕有五六十人，甚至更多。等候的时间倒也不算太长，一般等个刻把钟，至多半小时，也就可以进去了。这是因为读者中有一批人是工程技术人员，他们往往是来查阅某些相关的技术资料，查完后就离去了。大约有三分之二的读者是像我一样的"钉子读者"，进馆后一坐就是半天，有的甚至一直坐到闭馆才离去。通常到下午三四点钟以后都还会有人在门口排队等候进馆看书。

我在上海图书馆的读书活动持续了整整六年，从初中一直读到高中毕业。每个星期天我都早早吃完午饭，步行去上海图书馆。

每次打开上图入口处的抽屉式书目卡片箱，翻阅着一张张印着中外图书书名的卡片，我心里就会涌起一阵狂喜，觉得自己是天下最幸福的人，因为这么多书都是我可以自由借阅、尽情享受的。在上图这六年的读书经历培养了我对文学的兴趣和爱好，提高了我的写作的能力。在高中毕业前夕夺得全校作文比赛的第一名，更奠定了我走文学道路的志向，从而改变了原先报考医学专业的志愿，报考了文科大学，进入了上海外国语学院（现上海外国语大学，简称"上外"）俄语系。

然而上外俄语系一年级教材中那些浅显的课文，加上单调枯燥的语音语调训练，满足不了我对文学的爱好，我一度萌生了退学的念头。这时又是阅读改变了我的命运：升入二年级后，我的主课教师倪波教授见我对文学有兴趣，便每周抽出一个晚上辅导我直接读俄语原版的屠格涅夫小说《贵族之家》。一个学期下来，我被优美、伟大的俄罗斯文学深深吸引，不仅打消了原先的退学念头，而且还开始特别投入、勤奋地学习俄语，成为全系三名学习成绩最优秀的学生之一。

我最难忘的阅读经历发生在"文革"期间。"文革"是读书人最遭罪的时期，到处都无书可读。图书馆都被封了，书店里最畅销的书是《赤脚医生手册》，因为比起当时那些充满了假话、大话、空话的图书，这本书里多少还有些实用医学知识。尽管如此，读书人还是通过各种渠道搞到了一些被禁的中外文学名著，在好友之间私下传阅。能获得一本好书，那是"文革"期间读书人最大的享受了。有一次一位朋友借给我一本《基督山恩仇记》（上册），但给我看的时间非常有限，只有一个晚上，因为还有许多人等着看这本书，我只好熬了一个通宵把书看完。因为只有上册，书中的许多悬念都未作交代，看得我心中奇痒难熬，于是决心自学法文，为的是有朝一日可以通过法文看该书的下半部（当时可预见不到"文革"何时能结束）。

"文革"期间的另一个读书渠道是读内部发行的图书。这些书分两大类：一类是文学作品，多为美国、苏联、日本的当代文学作品；还有一类是政治性质的作品，包括政治人物如尼克松、基辛格等人的传记或自传，以及一些像考茨基、伯恩斯坦这样的国际共产主义运动史上的政治人物的言论汇编。翻译出版这些书的初衷是为了供批判用，从反面来证明当时四人帮所奉行的那一套极"左"路线的正确，不过其实际接受效果恰恰相反。好几年前，我有一次与陈思和、王安忆、赵丽宏、陈丹燕一起吃饭时谈到"文革"期间的读书经历，他们也都不约而同地说这些内部发行的图书是他们"最初的文学滋养"。我当时读了所谓修正主义领袖伯恩斯坦的一句话，"运动就是一切，最终目标是微乎其微的"，深受启发，从而进一步看透了"文革"的性质。当时读过的一本法国总统德斯坦（Vayéry d'Estaing）的传记，其中提到德斯坦信奉"积极宿命论"，意思是尽管命运不可把握，但自己要作好准备，这样一旦机会出现时就能够把握住，对我人生态度的影响也非常深。我1968年大学毕业离开上外到本市虹口区一所中学任教，那是一所条件非常差的中学，但教书的十一年间，我一直没有停止读书。当时有一位同事看我如此投入地读书，颇为好心地对我说："我们当初刚来时也是这样的。"言下之意，后来他就不这样了。不过，我这个"当初"一直坚持到了最后。"文革"结束、研究生制度恢复后，我以第一名成绩重新考回上外，我想跟这段时间坚持读书有很大关系。

这些内部发行的图书很不容易觅得，据说当时一套四册的《第三帝国兴衰史》在黑市市场上可以换到一辆新的凤凰牌或永久牌自行车，而当时一辆自行车的价格差不多相当于我们三个月的工资啊！更何况当时的自行车还不是轻易可以买到的，得凭票购买。由此可见当时这些内部发行图书的珍贵。

"文革"结束以后，许多当年内部发行的图书都公开发行了。有一次逛书店，我一眼瞥见当年那套曾经无比珍贵的《第三帝国兴衰史》也陈列在书柜上，只是它已经风光不再，一个个读者从它身边走过，却无人问津。我不禁感慨系之：是啊，如今每年出版的图书可谓汗牛充栋、琳琅满目，再加上通过网上查阅，任何一本书"嘀嗒"之间即可轻松看到，还有哪一本（套）书值得人们为之魂牵梦萦呢？只是随着数字化时代的来临，随着人们阅读方式和阅读习惯的改变，我们的后代会不会有朝一日写出一部《人类阅读兴衰史》呢？我担心。

我的俄文藏书

我喜欢书,从小就喜欢,但真正拥有自己的藏书是上了大学以后的事。而且,我最早的藏书都是俄文书,这一方面固然跟我所学的专业有关,另一方面也是因为俄文书比较便宜,我买得起。20世纪60年代初,俄文新书,如一部托尔斯泰的长篇小说《复活》,也不过一元三毛钱。至于旧书,大多才几毛钱,最贵的也不过一元多。我曾在福州路外文旧书店买到陀思妥耶夫斯基的长篇小说《白痴》,厚厚的一本,书还很新,只花了四毛钱。

不过最初我买的都是些俄文的儿童文学作品,如著名苏联儿童文学作家盖达尔(20世纪50年代的中国小读者甚至成年读者都对他的作品津津乐道,但前些年我访俄时获悉,他的孙子,即曾任叶利钦政府代总理的盖达尔对乃祖不以为然,令我甚感愕然)的作品集,以及俄国作家柯罗连科的儿童题材小说等。这些作品语言浅显,文笔流畅,对于初学俄文者提高俄文水平很有帮助。当时有一本书我最喜爱,那就是俄文版的《牛虻》。牛虻的故事我本来就已经熟悉,译成俄文后又比原著容易懂,再加上这本书还附有十几幅精美的油画插图,把主人公牛虻的坚毅形象和他的生父蒙塔里尼的复杂情感表现得淋漓尽致,惟妙惟肖,所以这本书最令我爱不释手。后来，由于有了读这本书的经验，我又买了不少俄文的翻译文学作品，如美国作家德莱塞的《天才》《珍妮姑娘》，惠特曼的《草叶集》，狄更斯的《远大前程》等。

升上二年级后，我碰到一位非常好的老师，他利用课余时间指导我读屠格涅夫的原著《贵族之家》。这是我头一次读俄文名著的原作，读得很慢，很累。一个学期下来，十几万字的《贵族之家》仍有一个尾巴没有读完。但是通过这一学期的高难度阅读，我的俄文阅读水平有了明显的长进。而且，更重要的是，通过这样的阅读，我体会到了直接品读俄罗斯文学原著的那种难以言传的快乐和享受。从此，我每个星期天去逛外文书店时，目光开始投向那些俄罗斯文学名著。不到一年的工夫，托尔斯泰三部代表作《战争与和平》《安娜·卡列尼娜》《复活》以及他的自传三部曲《童年·少年·青年》，果戈理的《死魂灵》，屠格涅夫的《贵族之家》《春潮》以及他的中短篇小说集，陀思妥耶夫斯基的长篇小说《白痴》，三卷本的《契诃夫作品选》和《契诃夫剧作集》，以及高尔基的著名三部曲等几十本俄苏文学的名著，统统摆上了我的书架。

从大学三年级起，我开始醉心于俄罗斯诗歌。本来，俄罗斯诗歌，尤其是普希金的诗，在读大学以前我已经读过不少，当然，读的都是译本。进入大学以后，通过当时著名的配音演员胡庆树等的朗诵表演，对普希金的诗就更是耳熟能详。但是在大学三年级，我读到了多篇普希金诗的原作后，感受到一种强烈的震撼和狂喜。那种感觉，就像是一个一直读现代汉语翻译的唐诗宋词的人，突然有一天读到了唐诗宋词的原作一样，也许要更强烈，因为俄语里有辅音连缀和单词重音，所以俄文诗的音调更加铿锵，更加富有变化，更加奥妙无穷。那时的外文书店里，俄文书占了半壁江山，所以没有多久我就收集到了普希金的作品集，包括他的长诗《叶甫根尼·奥涅金》和抒情诗集，以及二卷本的《莱蒙托夫诗选》和《伊萨科夫斯基诗选》，屠格涅夫的《散文诗集》，以及乌克兰诗人谢甫琴科的《抒情诗选》，等等。我还买到一套当时最新出版的袖珍本世界著名诗人诗选丛书，其中有普希金、雪莱、密茨凯维奇、席勒等，每个诗人一本集子。书印得小巧精美，精装本的硬封面外有一个漂亮的封套，扉页是一幅极其传神地反映了诗人独特气质的木刻肖像，纸质也特别好。书的顶部外沿涂有金粉，还有一根丝质的带子与书装订在一起，可以起书笺的作用。这套书我特别喜欢，后来下乡劳动或出差，我总带着，一则是因为小巧便于携带，一则是因为所选诗都很精当，每个诗人的代表作几乎尽收其中。

到大学四年级，国内读者知道的俄苏文学名著，包括像萨尔蒂科夫·谢德林的讽刺作品，冈察洛夫的长篇小说，别林斯基、车尔尼雪夫斯基和杜勃罗留波夫的文学批评著作，以及法捷耶夫的《青年近卫军》等，我几乎都已收集齐全。这时我的阅读兴趣又发生了变化，迷上了俄罗斯的科幻作品和散文作品。于是我在书店里拼命搜寻这类作品，什么《水陆两栖人》，什么《陶威尔教授的头颅》，见一本就买一本。我还买了苏联科幻作家别良耶夫的作品全集，可惜因"文革"发生，仅买到前两集，后面几本就再也没能买到了。

散文方面，我较为得意的是在旧书店淘到了俄国作家阿克萨科夫的《钓鱼琐记》和《猎人狩猎记》。阿氏以长篇小说《家庭记事》和《巴格罗夫孙子的童年》等为中国读者所了解。但在我看来，他的《钓鱼琐记》和《猎人狩猎记》更有味道，这两部著作看上去颇有点像生物学家或博物学家的工作札记，记载着许多鱼类和禽鸟的情况。但是他在记述这些生物时用的不是科学工作者的那种干巴巴的文字，而是以文学家生趣盎然的文笔娓娓道来，引人入胜。我至今还记得他写鸽子，说鸽子从很早很早的时候起就是纯洁、温柔和爱情的象征。他认为这三种特征鸽子都当之无愧，并举出了许多民歌民谚来说明，诸如"他们俩相亲相爱就像一对鸽子一样"等。阿氏在这两本书里写了几十种鱼、几十种鸟，也描写了树林、草原和沼泽。而每一种鱼，每一种鸟，他都能洋洋洒洒地写出一篇文笔隽永、让人回味无穷的散文，实在令人惊讶。我那时就曾萌发过一个念头：待我退休以后，要把这些文字一篇篇地翻译出来作为自娱（当时可不敢想象这种谈鱼说鸟的文字可以翻译后公开出版）。

  大学四年，可以说是我买书藏书的黄金时代。不过三年多一点的时间，我就收集到了好几百本俄文的经典名著。可惜的是，就在我毕业前夕，"文革"爆发了。从此，别说是买俄文书，即使是买中文书的黄金时代也画上了句号。后来，"文革"结束，国家实行了改革开放，但书店里俄文文艺图书已成空谷绝响。因此，有时逛书店回来，看到自己家里的几百本俄文图书，欣慰之余，也会禁不住抚今追昔，不胜感慨系之。

莫斯科购书记

对于喜欢买书的人来说，莫斯科即便算不上购书天堂，至少也是当今世界上购书最好的去处之一。

初到莫斯科，这里立即给我留下一个"三多"的印象：一是外币兑换点多——在热闹的商业街上，兑换外币的点比比皆是，几乎每走几步就可看见一个；二是销售鲜花的摊点多——在莫斯科，几乎所有地铁站的里里外外，出售鲜花的摊点是必不可少的一道风景线；三就是书摊书店多——莫斯科比较像样的书店至少三五十家，至于大大小小的书摊那就多得难以胜数了，光是在我下榻的莫斯科大学的主楼里，各种各样的书摊就有十几个之多，而在几个主要的书市街道上，诸如库兹涅佐夫桥大街、特维尔斯卡亚大街等，一个个书摊更是多到绵延不绝的地步。不仅如此，在和平大街的运动场，每逢周末还有两天书市，其占地面积几倍于上海的文汇书展，书籍爱好者们冒着零下几十度的严寒，排着长长的队伍买票入场购书。一张门票要一千卢布（约等于人民币一元五角），不能算便宜，但每星期仍然有许多人赶来买书，这一方面说明俄罗斯人中爱书者甚众，另一方面也说明在那里有书可买，有书值得买。

事实也确是如此，我在俄罗斯访学的那段时间里，莫斯科大学里的书摊天天都要去转一转自不待言，市中心的几家大书店，如位于新阿尔巴特街上的"书之家"和位于特维尔斯卡亚大街的莫斯科书店，每星期也都非得去"报到"一下不可。三个月下来，我买的书就已经超过一百本了，这还是自己不断提醒自己"不能多买，否则行李要超重"的结果。

在莫斯科能买到这么多书，首先要归功于俄罗斯的书价比较便宜。就在去俄罗斯之前不久，我正好去了趟加拿大和美国。在多伦多大学附近的一家学术书店里，我也发现不少好书，至少有十来本值得买回来，但那里的书价实在太贵。我左算右算，最后只买了三本翻译理论方面的著作（因这类书国内太少）。然而，这区区三本书（每本都只有二百多页）也已经花掉了我将近一百加元（约五百元人民币）。莫斯科则不然，俄罗斯的书，一般的小说或诗集，大约两三美元即可买厚厚一本，且都是精装的。我买了一本最新版的《契诃夫传》（将近四百页），只花了两万卢布，不到四美元，这还算是比较贵的。一本《金瓶梅》的俄译本，七百六十多页，也只要两万五千卢布，不到五美元。学术书贵一些，如上下两册的《俄罗斯翻译文学史》，约六百页，标价七万卢布，将近十四美元，但开本比我们国内的大三十二开本要大。

其次，俄罗斯书的品种多，推出新书的速度快，所以每次到书店或书摊，我都能发现感兴趣的新书。譬如，我买到《克里姆林宫的子女》（描写历任克宫权贵们的子女情况）之后不久，又发现了《克里姆林宫的媳妇》《克里姆林宫的谋士》等书。我买了一套上下册的《二十世纪俄罗斯文学史》后,很快又买到另一本与《十八、十九世纪俄罗斯文学史》配套的《二十世纪俄罗斯文学史》。两本书虽然书名相同,但各具特色,并不雷同。

再次,俄罗斯的图书中有不少中国出版界较少涉及甚至尚属阙如的选题,令人爱不释手。譬如心理学方面的图书,从教科书性质的《心理学概论》《心理学基础》,到《实用心理学》《趣味心理学》,再到各种各样的心理自测题集,林林总总,摆满了各个书店书摊。再如文化学理论方面的书,尽管中国学术界已经注意到这一领域,但迄今还未推出什么有影响的书,而在俄罗斯,《文化学概论》之类的书已经有五六种之多。此外,像巴赫金研究的专著和文集、洛特曼文集等,在国际上都很有影响,但在中国出版界还介绍得不多。

在这里,我还想讲几句有关莫斯科书摊的话。未去俄罗斯之前,有人告诉我,买书可到书摊上去买,我还不信。因为在我的概念中,书摊上出售的无非是些畅销书、通俗读物,甚至一些下三流的作品。到了莫斯科后,才知并非如此。在莫斯科成百上千的书摊中,光卖畅销书的书摊并不多见,倒是发现不少"档次"很高的书摊。如有的书摊专卖外语工具书,从常用的英语、法语、德语等,到一些少数语种,如意大利语、希腊语、希伯来语等。有的书摊专卖政治类或法律类读物,还有的书摊专卖心理学图书,等等。至于设在大学或研究机构内的书摊,其"档次"就更高了,出售的全是高品位的学术书。如设在经济研究所里的书摊,卖的全是经济学方面的书，设在莫斯科大学里的书摊，卖的就都是与大学专业有关的书。

马路上的书摊大多卖的是新书，倒是在莫斯科大学里有几个专售旧书的书摊（以及两家旧书店）。其中有一个旧书摊出售的都是文艺学、文学史、美学、哲学理论等方面的旧书，摊主很懂行，书价特别贵。一本十几年前出版的韦勒克的《文学理论》俄译本旧书，索价二十几美元，且不肯降价。但其他几个书摊，价钱倒还公道，如亚非学院楼下的一个旧书摊，汇集了不少中、日、印、越以及阿拉伯国家等的俄译典籍旧书，诸如中国古代的山水诗集，《老子》《庄子》的俄译本，等等，开价和新书差不多。只有一本题为《中国色情文化》的书例外。那本书其实是一本学术研究性质的书，因为标题比较刺激，再加上里面附了好多幅中国和日本的春宫画，摊主以为奇货可居，开价十二万卢布（约等于二十几美元）。但直到我离开俄罗斯，那本书仍然静静地躺在那里，无人问津。

在莫斯科购书，也会碰到令人遗憾的事。一次，友人带我去逛一家学术书店。我们好不容易乘了半个多小时车赶到那里，不料书店大门紧闭，门上挂一块牌子，上书："14点至15点午饭时间。"我看一下手表，14点还刚过没几分钟呢。我看看友人，他则用眼色指示我看那边几个刚从书店里被"赶出来"的俄罗斯顾客，他们一个个若无其事地站在那里等候。显然，他们早就见怪不怪了。

一本光芒四射的智慧之书
——读利哈乔夫《解读俄罗斯》

说实话,在我收到德·谢·利哈乔夫的《解读俄罗斯》(北京大学出版社2003年7月版)时,首先引起我兴趣的倒不是这本书的书名,而是其作者名——德·谢·利哈乔夫院士。

在中国,熟悉利哈乔夫名字的读者也许并不很多,但凡是对俄罗斯文学、文化稍有研究的中国学者,就一定会知道这位俄罗斯学界的泰斗,知道这位深受俄罗斯文化人以及普京总统敬仰的国学大师。利哈乔夫曾两次获得苏联国家文学奖,他的研究视野极为开阔,无论是托马舍夫斯基的"版本学"、什克洛夫斯基的"形式方法"、巴赫金的"复调理论",还是洛特曼的"结构诗学",他均有所涉猎。他的代表作《古代俄罗斯文学诗学》被誉为"俄罗斯精神文化的百科全书",其他几部著作,如《艺术创作哲学概论》《俄罗斯文学的历史诗学·笑作为世界观》等,也备受推崇。至于这本他去世前九天才交给出版社的绝笔力作《解读俄罗斯》,更是以其对俄罗斯文学和文化敏锐的洞察、犀利的剖析、深刻的反思,赢得无数读者的赞赏。正如作者在该书的自序中所坦陈的:"在本书中所要讲的是极为个人的见解,我不把它强加给任何人。但是,讲述自己最一般的哪怕是主观印象的权利让我终生研究俄罗斯,对我来说，没有任何事物比俄罗斯更珍贵。"正是这种对俄罗斯无比深厚的感情，使得作者在分析俄罗斯文化的走向得失时能比他的同行更切中肯綮。

譬如，苏联解体以后，俄罗斯国内围绕着今后俄罗斯何去何从的问题展开了激烈的辩论，利哈乔夫就写出了《俄罗斯的历史经验与欧洲文化》《俄罗斯从来不是东方》等文章，以丰富翔实的史料论证了俄罗斯文化的欧洲根源和属性，指出俄罗斯从来就不属于东方。这个观点固然未脱欧洲中心主义的窠臼，但也反映了当代新俄罗斯人抛弃此前一直流行的"俄罗斯特殊使命"观念而采取更为务实的立场。

再譬如，他把"只生活在过去和未来"的精神存在方式归结为俄罗斯人一个重要的性格特征，这也很有见地。俄罗斯人经常摇摆于"忆旧"与"憧憬"之间，激情往往化为极端，这也许就是俄罗斯人有"休克疗法""五百天计划"等这样一些急于求成的做法的一个原因吧。

至于利哈乔夫对俄罗斯知识分子本性道德基础的深刻思考以及对此所直率表达的观点，真可以说是令人震撼。他不认为所有的知识分子都具有创造性，他尖锐地指出："一个正在写作的、教课的、创造艺术作品的人，按订货、按照任务……来做这件事，在我看来，他无论如何也不是知识分子，而只是一个被雇用的人。"

对花园以及城市形象与俄罗斯文化的关系等方面的研究，让我们见识到了利哈乔夫的知识是多么渊博。他对不同历史时期俄罗斯花园所蕴含的丰富文化内涵的剖析，简直如数家珍，而他提出的一些批评性意见，如"恢复历史古迹的最初景观是完全不可能的，就像不能用复制和模型来代替历史文物一样……残缺不全的公园获得了新的美观，无论从历史的观点，还是从美学的观点看，都没有必要，也没有权力除掉这样的美观"，"计划发展城市的建筑师们，绝大部分极为浮浅地了解被他们计划的城市历史，他们不知道，在这些城市里，在城市建设方面什么是有价值的，有哪些城市建设思想在这些城市里发展过"，"在保持文化发展历史继承性方面，城市形象的研究和保护起着首要的作用"，等等，对我们中国读者来说，也很具启迪意义。

作为一个外国文学教师，我对利哈乔夫关于文学方面的论述印象更为强烈和深刻。《解读俄罗斯》一书从文本学、结构主义、艺术心理学等角度对普希金、陀思妥耶夫斯基、列夫·托尔斯泰等俄国古典作家所作的论述，使人感到别开生面，耳目一新。而他针对苏联文学创作中的一种做法（与中国"文革"时期"主题先行"的做法颇相仿佛）提出的批评，那更是尖锐得入木三分。他说："我不理解，怎么能够要求重大的文学'表现列宁格勒主题'，从工人或民警等人群中展现英雄。不能将文学琐碎化。我们的工人不仅对自己的生产、自己的城市等事物感兴趣。如果将批评家经常给现代作者提出的这种要求提交给陀思妥耶夫斯基和普希金等作家，那么，我们就没有世界文学了。《告别马焦拉》不是关于为了伟大的工程而淹没的西伯利亚乡村命运的作品。这是世界主题的作品，因为对故乡态度的主题使全世界所有的人感兴趣，而在拉斯普京的《告别马焦拉》中可有许多其他'可诅咒的问题'应该考虑，这些问题不会很快消失。"读了这段话，我不禁回想起"文革"中的一件荒唐事。当时，在"为工农兵服务"的名义下，所有的饭店都不准做精致的特色的菜肴，只准做些青菜、萝卜、豆腐之类的所谓大众菜，好像工农兵只配吃青菜、萝卜、豆腐，而没有资格吃高级、精致的特色菜肴似的。两种做法，虽然表现形式不一样，但其思维方式何其相似。类似这样闪烁着智慧光芒的真知灼见，在书中可谓比比皆是。

《解读俄罗斯》，真可以称得上是一本光芒四射的智慧之书啊！

帕斯捷尔纳克与诺贝尔文学奖

对世界各国绝大多数在世的文学家来说,诺贝尔文学奖不仅意味着一笔数目可观的奖金,它更会给得奖者带来巨大的荣耀。但是对一个人来说,诺贝尔文学奖不仅没有给他带来荣誉和奖金,还给他带来了无穷的灾难,从某种意义上说,甚至导致了他的早逝。这个人就是苏联著名作家、诗人、翻译家帕斯捷尔纳克。

1958年10月23日,帕斯捷尔纳克收到诺贝尔评奖委员会秘书安特斯·艾斯特林的电报,通知他说,由于他"在当代抒情诗歌和伟大的俄罗斯散文的传统领域所取得的杰出成就",他被瑞典皇家科学院诺贝尔评奖委员会授予诺贝尔文学奖。帕斯捷尔纳克在收到电报后的当天即回电,表示"非常感谢,非常感动,非常自豪,非常吃惊和非常惭愧"。

然而,10月24日,帕斯捷尔纳克的"感动"和"自豪"还未满二十四小时,当时苏联作家协会的领导康斯坦丁·费定突然来到帕斯捷尔纳克的别墅,直奔书房,直截了当地要求帕斯捷尔纳克立即坚决拒绝接受诺贝尔文学奖。他同时威胁帕斯捷尔纳克说,明天报纸上会就此事作出评论,指出诺贝尔文学奖奖金是对叛徒的犒赏。帕斯捷尔纳克回答说,不管怎样的威胁都无法迫使他拒绝人家给他的这份荣誉，而且他已经回电向诺贝尔评奖委员会致谢了，他可不想让人家把他看作是一个骗子。费定要帕斯捷尔纳克跟他到他的别墅去，因为当时苏共中央主管文化部的领导波利卡波夫正等着帕斯捷尔纳克去给他作解释，但帕斯捷尔纳克断然拒绝跟费定走。

同一天，高尔基文学院的领导组织学生游行，他们高举大幅标语，要求把帕斯捷尔纳克驱逐出境。10月25日，《文学报》发表编辑部文章《国际反动派的挑衅和离间》。文章写道："正是帕斯捷尔纳克的小说从头到尾贯穿着的反人民性，及其对普通人民的仇恨和蔑视，才博得了形形色色的社会主义敌人的热烈喝彩……帕斯捷尔纳克在那些人中赢得了'世界性的荣誉'。这些人利用任何可能的机会对苏联、对苏联的社会和国家制度进行诽谤。然而，非此即彼，要么跟正在建设共产主义的人民走，要么跟那些妄图阻挡我们前进步伐的反动分子走。帕斯捷尔纳克作出了选择，他选择了一条不光彩的、可耻的路。"《文学报》还发表了两封信，一封是《新世界》原编委成员，包括费定、西蒙诺夫等人，给帕斯捷尔纳克的，注明日期是1956年11月。另一封是《新世界》现任编委成员，包括特瓦尔多夫斯基、拉夫列涅夫、奥维奇金、费定，给帕斯捷尔纳克的。两封信都为了强调帕斯捷尔纳克的小说有思想错误，所以不能发表。

这一天，文学院又有几十个大学生"自发地"进行了针对帕斯捷尔纳克的游行，他们举着讽刺帕斯捷尔纳克的漫画，来到苏联作家协会的大楼前，作协书记沃龙科夫出来与示威者见面，并许诺

"近日内就将作出相应的处理"。

10月26日,《真理报》发表署名长篇文章,题为《围绕文学异己分子的反动喧嚣》。文章说,"如果在帕斯捷尔纳克身上还有一点苏联人的尊严,如果在他身上还存有作家的良知和对人民的责任感的话,他也许就会回绝这个有损他作家尊严的'奖赏'。但是自命不凡、忘乎所以的庸人习气,使帕斯捷尔纳克已经完全丧失了苏联人的尊严和爱国主义的情感,他的全部行为证明,他是我们这个正满腔热情建设共产主义光明未来的社会主义国家里的一名异己分子"。当天,从中央到地方的所有报纸全都转载了《文学报》刊登的有关帕斯捷尔纳克的材料。

与此同时,美国国务卿杜勒斯也就帕斯捷尔纳克的获奖发表了讲话。他说帕斯捷尔纳克的长篇小说《日瓦戈医生》在苏联国内受到批判,不能发表,云云。有人把杜勒斯的讲话向赫鲁晓夫做了汇报,这无异于给帕氏的领奖风波雪上加霜,赫鲁晓夫闻讯后果然大光其火,吩咐"好好教训教训帕斯捷尔纳克"。(据最新资料表明,赫鲁晓夫在下台前不久曾邀请爱伦堡到他家去,谈话中赫鲁晓夫对当年"迫害"帕斯捷尔纳克一事表示遗憾。他说,当他后来抽空把小说从头到尾读完后,才明白他上了人家的当,但为时已晚。)

10月27日中午12时,苏联作协主席团、俄罗斯联邦作协人事局、莫斯科作协主席团举行联席会议,讨论"作为苏联作家协会成员的帕斯捷尔纳克与其苏联作家称号不相称的行为"。主持会议的是吉洪诺夫,报告人是苏联作协书记马尔科夫。正如次日《文学报》所报道的,与会者"一致谴责帕斯捷尔纳克的叛徒行为,愤怒揭露了我们的敌人想给这个内部流亡分子冠以苏联作家称号的一切企图"。

会上宣读了帕斯捷尔纳克的一封说明性的信。信的开头就对他本人未能前来出席会议作了说明:"你们的邀请收悉,本准备亲自前往赴会,但鉴于那边声势怕人的游行,遂改变了主意……"接着,他写了为什么他相信作为一个苏联作家仍然可写《日瓦戈医生》的理由,写了他是在什么样的情况下把手稿交给意大利共产主义出版社的,因为他不愿用经过国内新闻出版审查之后出版的版本作为翻译的版本;他准备修改小说中不可能被接受的部分;他原以为苏联作家的创作范围要大得多,看来他估计过高了;原来心中产生的"解冻"的感觉现在看来也是空的;他希望能有"友好的批评";他认为诺贝尔奖不光是授予他的小说,而是授予他在文学创作中所做的一切。他还批驳了报纸上给他戴的许多"帽子"。他说他不认为自己是"寄生虫","我没有自命不凡,我请求斯大林允许我按自己的意愿写作……"信的最后他高傲地宣称:"无论什么东西都不能强迫我拒绝人家给我的荣誉,这是给一个当代作家、一个生活在俄罗斯的,也即苏联作家的荣誉。至于诺贝尔文学奖的奖金,我准备把它捐给保卫和平委员会。我知道,在舆论的压力下,现在会提出把我从苏联作协开除的问题。我并不指望你们的公正。你们可以把我枪毙、流放,以及做一切你们想做的事。我在此先原谅你们，只是你们不要太急了，这不会给你们增添运气和荣耀的。而且，你们得记住，反正过不了几年你们得为我平反，恢复名誉的。这种事你们不是第一次干了。"帕斯捷尔纳克预感到，有人想把他打成第二个左琴科。

10月28日，《文学报》全文发表了这次联席会议"一致"通过的决议。"决议"称，帕斯捷尔纳克的文学活动以自我为中心，闭门造车，脱离人民，脱离时代，所以早已才思枯竭。围绕小说《日瓦戈医生》所掀起的一股浊流，只能暴露出作者由于思想贫乏而极度的自命不凡，是一个庸人眼看历史不肯照他所设想的那样走弯路，吓破了胆而发出的悲鸣……苏联作家协会对待作家的创作非常慎重，多年来一直竭力帮助帕斯捷尔纳克，要他迷途知返，防止道德堕落，但是帕斯捷尔纳克斩断了与自己的国家和人民的最后一丝联系，把自己的名字与活动拱手献给反动派，成为他们的政治工具……因此，鉴于帕斯捷尔纳克的道德上和政治上的堕落，鉴于出于冷战需要而颁发的诺贝尔文学奖奖金以及帕斯捷尔纳克在此事中所表现出来的对苏联人民、对社会主义事业、对和平、对进步的叛徒行径，苏联作协主席团、俄罗斯联邦作协人事局剥夺帕斯捷尔纳克苏联作家的称号，把他从苏联作家协会开除出去。听到这个消息后，帕斯捷尔纳克几乎想自杀。

10月29日，帕斯捷尔纳克给斯德哥尔摩的安特斯·艾斯特林发了一份电报："鉴于我所处的社会对你们的奖金所赋予的意义，我应该拒绝接受我不配接受的荣誉。对于我的自愿的拒绝，希望你们能见谅!"帕斯捷尔纳克的拒绝出乎当局的意料,因为这笔可观的外汇对国家来说也未尝不是一件好事,那伙反对帕斯捷尔纳克的人只是要贬低帕斯捷尔纳克,使他名誉扫地,把一个桀骜不驯的灵魂变成一个百依百顺的、没有意志的奴隶而已。不无讽刺意义是,同一天的《真理报》刊载了一篇文章,报道三位苏联物理学家的杰出发现及其荣获诺贝尔奖的消息。当然,该文章中有一段话也是不容忽视的,这段话强调"诺贝尔物理学奖的授予是客观性的,而文学奖则含有政治意图"。但该文作者之一列翁托维奇事后去看望帕斯捷尔纳克时说,这一段话是编辑部违背作者意愿强加上去的。

同一天,苏联共青团中央隆重集会,庆祝建团四十周年。根据赫鲁晓夫和苏斯洛夫的要求,第一书记谢米恰斯内特意在他的报告里专门谈到了帕斯捷尔纳克的事,除了照搬赫鲁晓夫的话,谩骂帕斯捷尔纳克是"害群之马","连猪都不如,竟在吃饭的地方拉屎"等,他还发出了严厉的警告:剥夺帕斯捷尔纳克的苏联公民权,把帕斯捷尔纳克驱逐出境,同时把帕斯捷尔纳克的亲友留在国内,作为"人质"。他说:"帕斯捷尔纳克是如此讨得我们敌人的欢心,所以他们要赏给他诺贝尔文学奖奖金,而不计较他那本破书的艺术价值。这个人生活在我们这里,却朝自己的人民脸上吐唾沫。帕斯捷尔纳克是我们国内的流亡分子,其实还是让他真正出去,到他那个资本主义天堂去流亡的好。我相信,无论是舆论还是政府都不会设置任何障碍的。相反,他们都会觉得他离开我们国家可以纯净我们的空气。"

10月30日,帕斯捷尔纳克从共青团《真理报》获悉要驱逐他出境的消息。经过短暂的犹豫之后,他还是决定留在俄罗斯。"……我不能到国外去,即使把我们全家一起放出去,我也不能。我曾想过到西方去度假,但要我一年到头在那儿度假,我却是无论如何也做不到的。我需要有祖国的日日夜夜,祖国的白桦树,惯有的不快,甚至……惯有的迫害,还有希望……我将经受自己的苦难,我永远觉得自己是个俄罗斯人,而且真心地热爱俄罗斯。"后来,印度总理尼赫鲁同意担任保护帕斯捷尔纳克委员会的主席,建议为帕斯捷尔纳克提供政治避难。他还就迫害帕斯捷尔纳克的事与赫鲁晓夫通了电话,将帕斯捷尔纳克驱逐出境的动议因而搁浅。帕斯捷尔纳克又被建议签署一份与中央领导的协议书,交《真理报》发表。信由格里姆戈列列茨律师(按苏共中央的意思)起草,伊文斯卡娅修改、润色。帕斯捷尔纳克签了名,仅在结尾处作了一个小小的修改,同时请求写上"生于俄罗斯,而不是苏联"。

10月31日晚上,帕斯捷尔纳克的信被送往苏共中央赫鲁晓夫处,信全文如下:

尊敬的尼基塔·谢尔盖维奇:

我直接给您和苏共中央、苏联政府写信,从谢米恰斯内同志的报告中我获悉,对我离开苏联"政府不会设置任何障碍",但这对于我来说是不可能的事。我的出生、生活和工作都和俄罗斯联系在一起。我无法想象把我的命运与俄罗斯分开,到俄罗斯以外的地方去。不管我的错误有多大,也不管我如何迷失方向,我无法预料围绕我的名字在西方会掀起这样一场轩然大波,而我竟然会置身于这场政治漩涡的中心,有鉴于此,我已经通知瑞典科学院,我自愿放弃诺贝尔奖,但是把我赶出祖国,对我来说不啻于死亡。因此,我请求不要对我采取如此极端的办法。我可以把手放在心上起誓,我曾经为苏联文学作出过贡献,而且今后仍然能为它所用的。

鲍·帕斯捷尔纳克

对这封信,帕斯捷尔纳克的儿子说:"问题倒不在乎信写得好,写得坏,也不在乎是忏悔还是自我肯定,重要的是它不是帕斯捷尔纳克写的,他是被迫在信上签名的。这种对意志的侮辱和强暴,特别使他感到痛苦,他感到自己已经是谁也不需要的人了。"

10月31日,沃罗夫斯基大街的电影宫举行了开除帕斯捷尔纳克苏联作协会员资格的莫斯科作家全体会议。会议又对帕斯捷尔纳克展开了声讨。有一位发言人说:"帕斯捷尔纳克的像是和另一个叛徒——蒋介石的像一起印在报纸头一版上的。授予帕斯捷尔纳克诺贝尔文学奖奖金,这是文学上的原子弹。"还有一位发言人(波列伏依)说:"在我看来,帕斯捷尔纳克实际上就是文学队伍中的符拉索夫,符拉索夫将军苏联法庭已经把他枪决了,而且全体人民对此拍手称快。我想对待'冷战'中的叛徒也应该有相应的、尽可能最严厉的惩罚。"

与此同时，在苏共中央的"老广场"里，帕斯捷尔纳克正在跟苏共中央文化部负责人波利卡尔波夫见面。波利卡尔波夫通知他，已经决定让他"留在国内"。

11月1日又是《文学报》出版的日子。这一期《文学报》整整一版，在醒目的"义愤填膺怒不可遏"通栏大标题下，刊发了一组群众来信。同时，还登载了文学院一百一十名大学生的来信及上述会议的报道。

随后的一切，与20世纪20年代起发生在扎米亚京和布尔加科夫等人身上的事是一个模式：手稿和已经交给出版社的稿件（包括译稿）全部封存，帕斯捷尔纳克翻译的《莎士比亚全集》译稿也立即停止印刷，所有的合同被废除，剧院正在上演的剧目也停止演出，收入来源被切断……情况继续恶化，他与似乎是最忠实的朋友们之间的关系也变得微妙起来，他们喋喋不休的忠告、建议、教训、惋惜使他心烦。他企图照老样子生活，继续写点东西，译点东西，但其实已经不可能。他已经生活在另一个时间里了，超脱了日常的喧嚣，远离了曾经包围过他的那些芸芸众生。他以一种不同寻常的、永恒的眼光看待一切，包括对他的迫害，对他的可悲的不理解，他的孤独，与那封忏悔信有关的内心的痛苦，以及他被迫拒绝接受诺贝尔文学奖奖金的事。他在给法国记者贾克琳·德·普鲁阿的信中写道："他们千方百计地迫害我，一会儿是用毫不掩饰的恫吓，一会儿是处心积虑的限制，但是我们不仅战胜了这一切，而且正是这股给我们带来痛苦和设置障碍的敌对力量为我们提供了极其巨大的帮助。因为正是它才使我们在我们的胜利中所经历过的、所感受到的变得生动、深刻，否则，这胜利就会化成某种抽象的东西，化成空洞的高谈阔论了……我真想对您说，这一切是多么的奇妙，这一切都充满着未来，在这沉沉的深夜，在离随时可能降临的大限仅几步之遥的空间！"

大限确实已经逼近。在经历上述风波之后，帕斯捷尔纳克仅仅活了一年半时间就溘然长逝。1960年2月5日，他给他的格鲁吉亚朋友、画家拉多·古齐阿什维里的女儿楚古特玛写信。这是他生前写出的最后一封信。在信中他写道："某种来自上天的力量正把我紧紧地向一个世界推去。在那个世界里，没有帮派，没有童年的回忆，没有姑娘的目光，在那个世界里，静谧而没有偏见。在那个世界里，你最终将要被首次吊起经受考验，简直像在可怕的法庭上一样，他们审判你，打量你，或是把你剔除，或是把你留下。为了要进那个世界，艺术家得花毕生的精力准备，然后在其中死而后生。那是一个用你的力量和想象构筑的永垂千古的世界。"

正是怀着这样一种超脱尘世的大彻大悟之心，帕斯捷尔纳克才有可能给他的诗《诺贝尔奖金》写下如此的结尾：

是的，我离地府已经很近，

但我仍然坚信,

善的精灵将制服,

卑劣和邪恶的小人。

不要人云亦云
——也谈米勒得奖说明了什么

每年年末岁终，照例有不少人在翘首以待，等着世界文坛一年一度的最后一件大事——诺贝尔文学奖得主名单的揭晓。记得2008年末，在获悉当年的诺贝尔文学奖得主是法国作家勒克莱齐奥时，我在当年主编的《21世纪中国文学大系·2008年翻译文学》的《序》里还小小地自鸣得意了一番。因为早在十年前，我为广东花城出版社主编"当代名家小说译丛"时，就已经收入了克氏的小说《流浪的星星》。不仅如此，我还同时收入了另一位诺尔文学奖得主、英国作家莱辛的作品。其实收入克氏的小说并非因为我有眼光，而是得益于南京大学的法国文学专家许钧教授的推荐。许教授与克氏有直接往来，对克氏作品也有研究，且早就把克氏的名著《诉讼笔录》译成中文，还给过我一本。但收入莱辛的作品倒是完全出于我本人的主意。我20世纪末在香港做访问学者，偶然从台北的《联合文学》杂志上读到台湾翻译家范文美女士翻译的莱辛的小说《十九号房》，立刻被深深地吸引。与此同时，我对能委婉细腻、恰如其分地传递出原作风格的译文也极为欣赏和佩服，所以在开始主编"当代名家小说译丛"时，我立即找到文美女士，恳请她一定为我主编的这套"外国名家小说译丛"翻译一本莱辛的小说，这就是后来收入丛书的莱辛的中短篇小说选《一个男人和两个女人的故事》。书名取得太俗了些，但不是我和译者的意思。

然而2009年揭晓的诺贝尔文学奖得主不仅出乎大多数人的意料，令中国的外国文学研究专家们大跌眼镜，同时也让我从前年的自鸣得意中清醒过来。得奖者赫塔·米勒，别说是中国大多数的外国文学研究者，即使是国内的德语文学专门家，似乎也对她鲜有所知——国内此前只翻译过她的两篇篇幅不长的短篇小说。至于国内专家编著的德国文学史，即使是最新出版的，也难觅她的影踪。

新揭晓的诺贝尔文学奖得主出乎人们的意料，这本不足为怪，在诺贝尔文学奖颁奖史上类似例子可谓不胜枚举。奇怪的是有些人居然就据此断言或批评国内的翻译家和外国文学研究家"没有事业心"，只会"人云亦云"，[1]对此我实在难以苟同。不仅如此，我还想说，那些在诺奖名单公布后就立即忙不迭地跟着乱说并吹捧得主"走进了世界文学的中心，占据了人类写作的制高点"的人，才是真正的"人云亦云"呢。

米勒凭什么得奖？从有关背景介绍中我们可以知道，凭的是她"对政治的关注"，"对集权统治时期的罗马尼亚给予的深刻批判"。至于她的文学成就，除了在她得奖后有位出版家说的"她的文字强有力且充满着理性的光芒"这样的客套话，我们所听到、知

---

[1] 兴安：《赫塔·穆勒获诺贝尔文学奖说明什么》，《文汇读书周报》2009年10月16日。

道的实在不多。我无意贬低米勒的文学成就,我相信她在这方面一定是有些成就的,这是基于对诺奖评委们的信任。但与此同时,我更相信德国的文学研究专家,更相信我们国内的德国文学研究专家。后者尽管不在德国国内,但改革开放后中国的外国文学界的研究者到相应国家进行访问,进行实地研究,与相关国家的文学研究专家进行面对面交流的机会之多,应该说已经到了几乎没有隔阂的地步。假如米勒真的如某些人所说,在德国已经进入了德国文学(且不说世界文学)的"中心",已经占据了德语写作(且不说人类写作)的"制高点",那么她首先一定会引起德国国内的文学研究专家的关注,然后肯定也会立刻引起中国相关的德语文学研究专家们,甚至中国的外国文学研究专家们的关注,进入他们的研究、译介视野。因此,在我看来,我们国内外国文学界对米勒创作关注和研究的缺失,只能说明米勒创作的影响力此前还不足以引起他们(是否还包括德国本土的研究者?)的高度关注。至于有人断言,米勒已经"走进了世界文学的中心,占据了人类写作的制高点",也不知所据何来?当然,米勒及其创作在这次获得诺贝尔文学奖之后,肯定会引起德国本土、中国,以及其他各国的德语文学研究界,甚至广大文学界的关注。而这也正是诺奖评委们的目的:他们在一次又一次地制造得奖"意外"的同时,不正是在借此推行他们的某种理念么?这种理念,有文学的,有诗学的,但显然也不乏政治的和意识形态的。这本来无可非议,换位思考一下,如果诺奖改由我们来颁发的话,肯定也会被注入我们的文学标准和诗学理念,也会染上我们的政治和意识形态的色彩。令人感到不可思议的是,有人只是从网上读了米勒的两个译成中文的短篇,就底气十足地撰文断言,"用'诗性'来解释她的语言风格,我看是远远不够的"。"她的语言更像在严酷的审查制度下,被逼迫出的一种语言策略。所以在文字中她有大量留白、隐喻或暗示。它是恐惧的诗性,也是阴郁的哲学,它只可能诞生在那些被深深伤害过的人群中。只有被强制者扭曲的思考,才能造就这样的文本。"该文最后表示感谢诺贝尔文学奖,理由却是因为它"重新唤起了我对文学的爱和敬意"。[1]

其实,赫塔·米勒获诺贝尔文学奖本来倒并不说明什么,但是国内某些人的这种反应,在我看来,倒是说明了一些什么。

---

1 叶匡政:《今年我感谢诺贝尔文学奖》,《东方早报》2009年10月16日。

文学的回归
——有感于略萨获2010年度诺贝尔文学奖

关注了几年的诺贝尔文学奖评奖,我发现了一个"规律":凡是在评奖结果揭晓前,媒体、公众普遍看好的人选,往往是得不了奖的,最终的结果总是出人意料。2010年的情况也复如此:之前媒体和公众都普遍预测今年该轮到诗人来领奖了,譬如赢得许多中国读者喜爱的叙利亚诗人阿多尼斯就是众望所归的人选之一,然而,最终评委揭晓的文学奖得主却是秘鲁小说家马里奥·巴尔加斯·略萨。

尽管结果出乎预料,但在第一时间获悉略萨得奖的消息后,我却由衷地为之感到欣喜、兴奋,甚至激动。我感到欣喜、兴奋和激动,但不是为略萨,而是为诺奖评委作出的明智的选择。因为在我看来,略萨在今年获奖虽然有点意外,但又是情理之中的,他早就该得到这个奖了。诺奖评委今年决定把诺奖颁发给略萨这样一个在我看来是真正的、纯粹的文学家,显得意味深长,很值得肯定,因为此举给诺贝尔文学奖注入了明确的文学因素,多少表明了一个文学奖项对文学的回归。如果说去年把诺奖颁发给德籍罗马尼亚裔作家赫塔·米勒带有明显政治印记,那么,选择略萨作为今年的诺贝尔文学奖得主,其政治因素显然大大淡化了。连略萨本人在获悉得奖的消息后也立即放言说,希望颁奖给他"不是出于政治原因"。

我对略萨毫无研究，对略萨的作品读过的也不多，但他的一部长篇小说《天堂在另外那个街角》和一篇散文《文学与人生》（均为赵德明译）却足以让我认识略萨卓越的文学才华和他对文学的真知灼见与深刻情怀。

我至今都难以忘怀初读略萨的《天堂在另外那个街角》时感受到的强烈震撼。这是一部带有传记性质的长篇小说，作品的主人公——19世纪末法国后期印象主义流派绘画大师保罗·高更，对于中国读者来说并不算陌生，他的那些画风独特、形象殊异的印象主义杰作，是世界上许多博物馆珍藏的价值连城的镇馆之宝。但是高更在生活中具体如何特立独行，如何不满当时的主流艺术中对时尚的追求而另辟蹊径，寻求土著文化和东方色彩，大多数中国读者不甚了了。略萨的小说极其生动地塑造出了一个坚持独立思考和追求精神自由的艺术家形象，再现了高更毅然出走巴黎、远渡遥远的马泰亚等地，脱掉文明外衣，全身心地融入当地土著人的生活和风俗习惯，并从中获得艺术灵感的经历和情境。小说中的高更还真的脱掉了所有衣服，全身赤裸地与当地土著人一起围着篝火狂舞，甚至就在广场边与土著女人做爱。高更追求异国情调，向往原始人的神话和传说，与土著女人真心相爱。小说详细描述了高更与一个又一个土著女人的相识、相爱、同居并从事艺术创作的过程，这是交织着情欲沸腾与创作冲动的过程，也是高更一幅幅杰作产生的具体背景。给我留下深刻印象的还有略萨的创作手法：全书四百八十五页，共二十二章，其中单数各章讲述高更的外祖母芙罗拉·特里斯坦的故事,双数各章讲述高更的故事时用的是第二人称。在关键段落作者还会与作品的主人公直接对话,从而带给读者一种全新的阅读体验——似乎与作者一起目睹主人公的言行举止、思想、创作。实际上,这种创作手法还让读者感觉到,这部小说与其说是在展示作品主公高更的所作所为,不如说还是在曲折地传达作者略萨本人的所思所想。

自2001年起,我每年都要为"21世纪中国文学大系"编选一本《翻译文学卷》,至今已经编选出版了九本。2004年我在照例翻检浏览当年发表出版的翻译文学作品时,读到了《天堂在另外那个街角》,立即为之震撼,当即决定把略萨的这部长篇小说(片段)作为这一年度的《翻译文学卷》的镇卷之作。紧接着我又读到了略萨的散文《文学与人生》,同样立即被之征服。这让我起先稍稍有点犹豫,因为在同一本《翻译文学卷》里收入同一作家的两篇作品,在此前编选的三本《翻译文学卷》里还从未有过。事实上,在此之后我编选出版的五本年度《翻译文学卷》里也没有再出现过此类情况。不过我当时很快就决定要为略萨破例,因为这篇散文激起了我太多强烈的共鸣,与此同时我也太迫切地想让更多的读者与我一起分享略萨散文中无比丰富而又深刻的思想。

略萨的《文学与人生》是一篇雄辩滔滔的论说文,它触及了当前社会一个非常尖锐的问题:在科技越来越发达,商品经济大潮汹涌而来,几乎占据了现代社会的每一个角落的今天,人们,尤其是年轻人越来越依赖和沉迷于视听媒体,文学(它的载体就是书籍)

会不会消失？未来的人类真的会像比尔·盖茨预言的那样，只从荧幕上阅读了吗？这个问题与我们国家也有极其密切的关系。2004年12月3日，中国出版科学研究所公布了第三次全国国民阅读与购买倾向抽样调查的结果。调查结果显示，中国国民的阅读率呈下降趋势，在被调查的识字的城乡居民中，每月读一本书的人仅为51.7%，中国国民中有读书习惯的人仅占5%。[1] 而这些被调查者对于不读书的理由，与略萨在《文学与人生》一文中所提到的如出一辙：没有时间。略萨的文章极富说服力地分析了（书面）文学的种种不可替代的功能——培养公民的批评精神、独立思考精神、永远斗志昂扬的精神，以及丰富的想象力等。他进一步分析了一个没有文学的世界将是怎样一个没有教养的、野蛮的、缺乏感情的、无知愚昧的、没有激情和爱情的世界，最后明确指出视听媒体无法代替文学的种种功能。

在纯文学作品越来越被边缘化的今天，在整个社会，尤其是我们的年轻人正变得越来越浮躁、越来越焦灼的今天，让我们静下心来听一听略萨的声音吧。假如略萨的获奖能把我们的目光再次投向真正的、纯粹的文学，能让我们的文学真正担当起它那种种不可替代的功能，能让我们的作家和诗人为我们的读者奉献出更多充满美好爱情、崇高激情的文学世界，那么我将再次为2010年诺奖评委所作出的选择叫好！

---

[1] 陆正明：《读书的人越来越少》，《文汇报》2004年12月4日。

回归故事　回归情节
——2008年中国翻译文学印象

本文所说的中国翻译文学，主要指的是中国的文学翻译家们翻译的外国文学作品。自2001年起，我每年都为春风文艺出版社出版的"21世纪中国文学大系"主编一本《翻译文学卷》，至今已经编辑了八本。这也就逼着我每年都要比较仔细、全面地阅读当年发表的翻译文学作品。中国翻译文学首先反映的当然是中国对外国文学接受的倾向和特征，因为我们的翻译家们在翻译作品时，由于各种因素的影响，譬如意识形态、文学审美趣味等，必然会对打算翻译的作品有所筛选。但与此同时，翻译文学也为我们打开了一扇了解外国文学的视窗，在一定程度上展示了当代外国文学的发展趋势，尽管这种趋势是局部的，并不全面。

阅读2008年中国翻译文学作品，同时也结合此前七年的中国翻译文学作品，我得到一个粗浅的印象：经过了一个多世纪的探索和发展，现代派和后现代文学创作似乎开始出现疲态，一些曾经热衷于现代派或后现代创作实验的作家现在正在向传统的叙事手法回归，转而致力构造一个精致耐读的生活故事。我们可以西班牙当代作家胡安·何塞·米利亚斯及其小说《劳拉与胡里奥》（《世界文学》2008年第3期）为例，正如该小说译者周钦所言，作为"68年一代"

的代表人物,米利亚斯变色龙似的创作手法,他的生活流写作、无主题写作、元小说写作等,曾经引起读者的普遍关注。然而,"时隔近二十年,我们在其新作《劳拉与胡里奥》里看到了米利亚斯明显从理论走向了故事,从追求理论探讨(或演绎)的实验到对故事情节的重视"。确实,在这部小说里,我们看到了当今小说中已经难得一见的丰富、曲折而又动人的情节。小说悬念不断,高潮迭起,同时又极富时代特征:小说中男女主人公的婚姻和婚外恋都与网络有着极其密切的关系,而网络时代的电子邮件在这幕极具讽刺意味和戏剧效果的悲喜剧里也扮演着推动情节发展的不可或缺的角色。米利亚斯的同胞、西班牙女作家罗莎·蒙特罗在评价米利亚斯创作风格的转变时所说的一句话也发人深省:"回到情节,回到小说本身,回到讲故事的乐趣。"

现代派与后现代当然远没有退出历史舞台,在2008年的中国翻译文学中,我们也读到了美国作家尤金迪斯的小说《逼真的记忆》(《外国文学》2008年第4期)和英国作家拜厄特的小说《流浪女》(《译林》2008年第6期),两者都致力展示当代社会中人所面临的无奈、荒诞、残酷和虚幻,在叙事手法上也显示出打破传统方式、淡化故事情节、故意给人以一种无序的印象等后现代文学创作的特征。与此同时我们也发现,即使是后现代派的小说家,也在努力地将传统与现代熔于一炉,从而制造一个结构紧凑、情节流畅的故事。我们从拜厄特的作品中即可看出此种努力:《流浪女》篇幅不长,仅两千余字,但通过描述一位高级白领太太在国外大商场的离奇遭遇，讲述了一个引人入胜的故事。

从某种意义上而言，当代美国作家卡佛的创作与拜厄特可谓异曲同工。美国评论家们之所以给予卡佛的创作很高的评价，就是因为觉得他的极简主义（又称"肮脏现实主义"）创作"终于带着美国的叙事文学走出了六七十年代以约翰·霍克斯、托马斯·品钦及约翰·巴斯为代表的后现代主义超小说的文字迷宫，而找到了一个新的方向"。有兴趣的读者不妨读一读他的短篇小说《软座包厢》（《上海文学》2008年第5期）。

2008年中国翻译文学中另一篇非常好看的作品是法国著名科幻小说作家皮·博尔达日的《剁掉我的左手》（《世界文学》2008年第3期）。这是一篇紧张、刺激、充满悬念的科幻小说，但与我们中国读者印象中的科幻小说又完全不一样。作者把故事发生的时间挪到了未来，但演绎的社会问题仍然是现代的：一个穷困潦倒的无业人员受其同居女友的怂恿，同时也受高额金钱的诱惑，报名参加了一个名为"追逐真人的游戏"——他得在"挨宰镇"的一个街区从子夜待到凌晨5点，同时要接受四个各持一支有两发子弹的步枪的人的追逐。如果能平安脱险，那他就能得到两万欧元的丰厚回报。游戏开始以后，他马上发觉事情并不像他想象的那么简单，因为无论他躲到何处，逃到哪里，那四个枪手总能找到他。危急之中，他终于醒悟，原来是他的同居女友出卖了他，因为在他出生时，他的左手就被植入生物芯片以接收密码，这个芯片里有他的"身份、健康卡、银行交易、购物、传输码、连接码，航空及太空旅游、驾驶执照，上网连接"等各种资讯。认识到这一点，他当即做了一个大胆的决定：剁掉自己的左手，以抹去他在世上的踪迹。他潜入一家住户，在一个护士小姐的帮助下，毅然地剁掉了自己的左手，护士小姐则帮助他把剁下的左手扔进远处的河里，让那四个枪手误以为他已经溺水而亡，从而放弃追杀。故事的最后，护士小姐对主人公说，要带他去火星，因为"在那儿所有的梦想都是允许的"。

似乎是要印证我在本文开头所说的印象，2008年中国翻译家也翻译发表了诺贝尔奖得主、著名英国作家莱辛的一篇散文《小小的个人声音》（《世界文学》2008年第2期）。作为一名具有高度责任心的小说家，莱辛特别重视文学应负的使命，用她的话来说就是"艺术家要有担当"。她认为，"读小说为的是寻求启迪，为的是拓展对人生的感悟"，为的是"了解时世"。她觉得，"小说就应该这样读"。在文中，莱辛大力推崇托尔斯泰、司汤达、陀思妥耶夫斯基、巴尔扎克、屠格涅夫、契诃夫等现实主义作家的作品，认为他们的小说是"19世纪文学的最高峰"。她认为，"现实主义小说，现实主义故事，是散文作品的最高形式，远高于表现主义、印象主义、象征主义、自然主义或其他任何主义，也远非它们所能比拟"。莱辛经常重读《战争与和平》或《红与黑》，但在文中她也坦然承认，重读这些书"不是在寻找重温旧书的快乐"，也"不是在寻求对传统价值观念的再度肯定"，因为其中有很多观念她"也不能接受"。她要找的，是"那种温暖、同情、人道和对人民的热爱"，"正是这些质量，照亮了19世纪文学，使那些小说表现出了对人类自身的信心"。

回归故事,回归情节,当代外国文学发展趋势的这个迹象或许也能给我们中国的文学创作家们提供某种启示吧。

关注学者及其论著的学术影响力

最近读到赵宪章、白云两位作者合作的《中国文学学者与论著影响力报告——2000—2004年中国文学CSSCI描述》（以下简称《报告》，《文艺争鸣》2006年第2期），读后感到非常兴奋，因为我从中看到了中国学术界的一个重要的变化：借助最新的计算机检索系统的检索结果，对数以万计的学者及其论著的被引用率进行筛选，然后以确切无误的资料来论证学者及其论著的学术影响力。这是一个质的转变，即从简单地对学者论著数量的重视，转向了对学者及其论著的学术影响力的关注。

我们国家对学者个人的人文学术成果的高度重视是在"文革"结束以后才开始的。此前，相关的科研人员和教师在极左路线统治下，唯恐被戴上"白专"帽子，甚至都不敢单独署名发表论著。新时期以来，在党和国家"繁荣科学、繁荣学术"方针的感召下，各科研机构和高等院校采取了一系列奖励措施，鼓励广大知识分子积极发表学术论著。各学校为了鼓励教师多发表学术论著，其奖励力度之大，也是前所未有的：一些学校对于发表在核心、权威刊物或CSSCI刊物上的论文，光一篇论文的奖励就达数千元甚至上万元。

与之相应的，还有另一方面的措施，譬如评定职称也要与申请人的论著数量挂钩。一个讲师要申请副教授职称，基本条件就是要有五篇以上的论文发表，其中还必须有若干篇发表在所谓核心期刊上。上级机关下来检查某学校或某学科点，其中一个标准也必定与该校或该学科点发表的论著数量有关。如果数量太少，那检查的结果就肯定不妙。

以上这些措施，无论是奖励性的还是制约性的，对新时期以来的人文学界产生了非常积极的作用。短短二十几年，中国人文科学领域发表的学术论著，数量是此前二十七年所发表的相应学术论著总和的数十倍之多，甚至还不止。

然而，不能不指出的是，这些单纯追求数量的措施也带来了一些负面效应：有些学者片面追求学术论著的发表数量，或重复自己，或抄袭他人，短短几年就炮制出数百篇论文和数十本学术专著；还有一些学者另辟蹊径，花钱买书号、买刊物的版面，终于完成了评职称所需要的论著数，顺利晋级。只是如此炮制出来的学术论著，其质量不难想象，对于促进学术、繁荣学术更不可能有什么作用。

在这样的背景下，赵、白两位作者合作的《报告》就很值得我们重视了，因为它以简洁明白的数字有力地证明，只有那些富有真知灼见、富有创新精神的论著，才具有恒久的生命力，才能对繁荣学术作出贡献。

譬如，我们都感觉到在当前的中国现当代文学学术界，鲁迅、胡适、周作人有很大的影响。但另一方面，我们又觉得另外一些学者,如陈寅恪、张爱玲、吴宓,他们的名字最近几年来频频亮相于媒体,其影响力也应该很高。《报告》中的"表3:2000—2004年中国文学被引用超过100篇次的学者"通过对CSSCI系统论著被引用率的检索,给出了一个明确的答案:鲁、胡、周三人的论著在此期间的被引用次数分别是4769篇次、1248篇次和1042篇次,而陈、张、吴的论著在此期间的被引用次数分别是264篇次、202篇次和123篇次,与鲁、胡、周三人相比,显然存有很大差距。由此,我们可以清楚地看到鲁、胡、周三人及其论著在当代中国学术界的巨大而又持久的影响力,这一事实同时也说明他们三人的论著迄今仍然是我们中国现代文学研究界最重要的学术资源和理论参照。当然,陈、张、吴的影响力也不容小看,在被引用总量超过100篇次的98名学者中,他们的排名分别是第29位、第40位和第68位。

顺便提一下,在这98名学者中,目前健在的学者中被引用次数较高的要数钱理群、陈思和和陈平原。他们的论著被引用次数分别为290篇次、287篇次和230篇次,分别排名第27位、第28位和第35位,超过了周扬(208篇次,第38位)、何其芳(193篇次,第42位)、施蛰存(179篇次,第44位)这样一些前辈名家。

再譬如,《报告》"表5"对2000—2004年中国文学被引用6次以上的论文的统计结果也给人以很深的启迪。在102篇入选的论文中,赫然在目的有黄子平的《论"20世纪中国文学"》(被引18次)、韩少功的《文学的"根"》(被引17篇次)、郑敏的《世纪末的回顾:汉语语言变革与中国新诗创作》(被引13篇次)等论文。同行专家们不难发现,这些论文正是以其对文学史、文学现象、文学本质的独特见解而被圈内人士广为称道,其较高的被引用率也正好证明了学术论文独特的个人发现和创新观点的意义和价值。

由赵、白两位的《报告》我还想到,其实人文科学内的其他学科也可借助CSSCI的检索系统对各自学科的学者和论著作一番检索。这样,我们在评价一个学者及其论著的时候,就不会被表面的论著发表数量,以及一些外界的炒作所迷惑,而能对一个学者及其论著的价值作出比较全面、比较客观的评判。

当然,在强调"相对发文量而言,被引篇次更能说明一个学者的影响力"的同时,我们也不能因此在论著的被引用率与学者的学术水平、学术研究的意义和价值之间简单地画上等号。每个学科都有其特殊的情况,有的学科本身学术圈子就不大,有的学科专业比较偏,不易成为社会公众关注的热点,这些因素都会影响论著的被引用率。但无论如何,在同一个学科内部,其论著被引用率的高低肯定要比论著的数量更说明问题,这一点应该是毫无疑问的。

部长辞职与兔子写博士论文

马上又要到一年一度的博士论文答辩的高峰期——5月，让我不由得想起前不久频频见诸报载的一则新闻：德国一位年轻有为的国防部长、三十九岁的古滕贝格（Karl-Theodor zu Guttenberg），因涉嫌博士论文抄袭，在社会各方的压力下，不得不黯然辞职。据说默克尔很欣赏此人，但面对此事，贵为一国总理的她也只好忍痛割爱，"无可奈何花落去"。

此事的背后当然难免还有德国国内党派之争的因素在起作用。不过，当年的一篇博士论文涉嫌抄袭就能成为今日党派之争的有力"把柄"，且成为最终把这位部长"拉下马"的砝码，这至少说明博士论文抄袭在德国社会会视作非常严重的事件。相比之下，我们国家几位涉嫌博士论文或学术论著抄袭，承担的国家项目质量"硬伤累累"的校长、副校长就幸运得多了，他们中至今也还没听说过有谁因这种事而丢了乌纱帽。

部长因涉嫌博士论文抄袭而被迫辞职的新闻，让我又联想到前几年在网上读到的一则关于兔子写博士论文的故事。

故事说的是，有一天，狐狸走过一个山洞口，看见兔子像模像样地坐在那里写作。狐狸上前问道："你在干什么呢？"兔子得意洋洋地回答说："我在写博士论文。"狐狸又问："那你写的是什么题目呢？"兔子说："我的博士论文的题目是'论兔子可以吃掉狐狸'。"狐狸感到奇怪："这个题目怎么可以成立呢？"兔子说："我导师说可以。"狐狸又问："你导师是谁啊？"兔子答："我导师就在山洞里面，你自己去问吧。"狐狸走进了山洞，却再也没有出来。又一天，狼走过这个山洞口，看见兔子在写作，于是也上前问兔子在干什么，兔子很神气地告诉它自己正在写博士论文，论文的题目是"论兔子可以吃掉狼"。狼听了大怒，说："这样的题目怎么也能通过论文的开题答辩？"兔子满不在乎地回答说："我导师说可以。""你导师是谁？"狼问了与狐狸同样的问题。兔子回答说："我导师就在山洞里，你自己进去看吧。"于是狼也走进了山洞，不过狼同样再没有出来。

此事传开后，有好事者偷偷溜进山洞想一窥究竟，发现山洞中央坐着一头狮子，正张着它的血盆大口，狮子的面前则是两堆白骨。

故事的结尾是一句颇似警句格言的话：博士论文的关键不在于你写的是什么，重要的是你的导师是谁。

上述故事我看到的是英文版，是国外有人通过电子邮件发给我的，可见此故事首先针对的是国外学界的情况。不过因为我每年都要看二三十篇博士学位论文，并参加至少二十个博士生的论文答辩，对圈内的情况还比较熟悉，所以读了这个故事后倒也很有感触，且不乏共鸣。

中国国内高校的博士论文答辩通常都由导师确定邀请参加答辩的专家名单，甚至还由导师直接出面邀请他熟悉的专家学者。此举其实多少也有点出于无奈，因为审阅论文或参加论文答辩的报酬实在有限，与专家学者所花的时间、精力根本不成比例，所以导师们只好动用自己的私人关系，请圈内熟悉的专家朋友"买个面子"，帮忙审阅论文或参加论文答辩。然而问题也因此而生：正因为是熟人，甚至是非常好的朋友，所以当这些朋友来担任博士生论文答辩的评委时，一旦碰到不甚合格的学位论文，就会感到为难。我们这里的导师当然不会像上述故事里的狮子那样对你张开血盆大口，相反倒是更像弥勒佛，一个个张着笑口，笑容可掬。于是，"不看僧面看佛面"，论文答辩委员会的成员们在面对一篇不大合格的论文时，往往也只能在"同意通过论文答辩"的栏目下，画上一个圈。

也有专家在收到不甚合格的学位论文后会向导师表示，如果参加论文答辩，他将会投"不通过论文答辩"的票。碰到这种情况，导师也会采取紧急措施：调整答辩委员会的名单，另外找一个比较好说话的专家来参加答辩。与此同时向参加答辩的专家进行解释，说明该论文写得不够好的原因：或是因为该生此前刚好得了一场大病，或家里遭遇不幸，所以影响了博士论文的写作；或是该生已经推迟过一次答辩，如果这次答辩不能通过的话，那他（她）就再也没有机会参加答辩了，言外之意那就会毁了该生一辈子的前途，等等，从而博得评委们的同情。

事情的背后还有另一个原因也在对博士学位论文（也包括硕士学位论文）的通过与否起着颇为重要的作用：一个学校学位论文答辩的通过率是教育部有关部门判断该学校的学位教育是否优秀的一个依据。换言之，如果一个学校的硕士、博士生在参加完论文答辩后全都获得"通过"，那就说明这个学校的学位教学很优秀；反之，就说明这个学校的学位教学不很优秀，甚至还比较差。在这种情况下，如果答辩委员会坚守学术标准，从严把握答辩质量，对不甚合格的论文不予通过，就不光是跟导师、跟学生过不去，那还是跟学校过不去了，罪莫大焉！

为了提高博士论文的答辩质量，近年来教育部有关部门也采取了一些措施，譬如规定博士生参加答辩前必须把论文送交有关专家盲审。不过力度还不够大，现在有的学校规定所有的博士论文都必须参加盲审，而有的学校只是随机抽取，被抽中的论文才要送交盲审，抽取的比例还很低。从目前的论文答辩情况看，我以为规定所有的博士学位论文在参加答辩前都必须送交盲审还是很有必要的。

另外，简单地以某学校的学位论文答辩通过率来判断该校学位教学质量的做法也是需要改进的。这种做法，表面看上去似乎很合理，实则鼓励了不负责任的答辩委员会，而伤害了坚持学术标准、严格把关的答辩委员会。

最后，如何既能让参加论文答辩的专家学者们的劳动得到应有的回报，又能让他们能够轻松闯过情面关，在答辩时坚持学术标准,同样是必须认真思考、需要予以解决的问题。

看来,在上述故事里,中国的"狮子"恐怕并不能那么简单地就能与中国的"导师"画上一个等号吧。

外语专业博士论文：用什么语言写作？

用什么语言写作学位论文？这个对于绝大多数学科来说不成问题的问题，对外国语言文学专业来说，却成了一个问题。因为现状是，有的学校规定学位论文必须用外语写作，有的学校规定学位论文可以用母语写作。这种对论文写作语言规定的不一致反映了我们对论文写作语言问题认识的混乱。而在我看来，更加值得我们关注和重视的是蕴藏在这一认识问题背后的其他一系列问题。

一、博士学位论文的写作语言规定与国家主权、尊严的关系

目前大多数学校的英语语言文学专业学位点，都要求研究生用英语写作博士学位论文。但假如要问有关教师为何有此规定，他们大多自己也说不清，往往以一句"一向如此"敷衍过去。假如我们追根溯源，可以一直追溯到解放前的教会学校，像上海的圣约翰大学、北京的燕京大学等。当时之所以有如此规定，是不难理解的，因为当时学校的导师多是西方人，他们不识中文，于是照搬西方大学的一套学位管理模式，硬套给在中国开设的学校。

这种规定，对于当时尚处于半殖民地半封建境地的旧中国大学来说，也是无可奈何的事，但中华人民共和国成立以后，仍然沿用这种规定就毫无道理了。我们不妨冷静想一想，目前世界上有哪一个国家的大学是规定用外文撰写他们本国的博士学位论文的？除了极少数的前殖民地国家的大学，恐怕很难找到一个大学会有这样的规定。

二、博士学位论文写作语言规定与我们对博士生培养目标的设定之间的关系

有一些教师认为，外国语言文学专业的博士生只有用外语撰写学位论文才能显示他们的专业特点，显示他们的水平比其他专业的博士生高。还有的教师甚至认为，用外文撰写学位论文就说明论文水平高，反之，就是水平低。这些观点反映出，我们某些教师在设定博士论文的撰写目的上存在着一些认识上的误区。

这里的核心问题就是：我们要求博士生撰写博士学位论文，究竟是为了训练他们的外语写作能力，还是通过博士论文的撰写培养研究生的独立科研能力、创新能力？我认为，无论哪个国家，恐怕都不会把前者设定为博士生撰写博士学位论文的目的吧？博士学位论文从最初酝酿、确定选题，到广泛收集、逐步筛选相关资料，再到一步步论证论点，直到最后完成全篇论文的撰写，这一过程正是我们培养博士生独立科研能力的过程。而博士生在经历了这一全

过程后，是否真正具备独立的科研能力，是否具有创新的能力，最终又都反映在他们的博士论文中。因此，我们审读一篇博士论文，虽然也要看作者的写作能力如何，但这不应该是我们关心的主要问题，这些能力博士生在入学之前就应该具备。

然而，当我们要求博士生用外文撰写博士学位论文时，我们的注意力、关注重心却不知不觉地发生了转移。由于博士生多是第一次撰写如此大篇幅的论文，行文遣句会暴露出不少外文写作中才有的毛病，这样一来，导师往往就要花很多精力为博士生修改病句，纠正修辞甚至语法方面的错误，而本该深入研讨的论文的论述是否严谨、推理是否合乎逻辑、结论是否令人信服、整篇论文是否有创新等，反而顾不上了。

从博士生方面来说，为了避开伤脑筋的学术论著的汉译外，他们极少甚至根本不引用相关的中文著作，即使有的中文著作于他们的论文写作有很重要的参考价值和意义。

三、博士学位论文的写作语言规定与博士学位论文写作规范之间的关系

用外文撰写学位论文带来的第一个负面影响表现在文献意识上，那就是对中文文献的忽视。不少论文最后的"参考文献"部分中，相关的中文文献非常少，有时甚至连最基本的中文文献都没有列上。譬如，有一本研究美国剧作家奥尼尔的博士论文，对这位美

国剧作家创作的"隐秘世界"背后所蕴藏的"广袤天空"洋洋洒洒写了十余万字。但是,当评委问她奥尼尔与中国有什么关系、对中国的剧作家有什么影响时,该博士生却连一句话都答不上来。实在是太不应该了。

用外文撰写博士学位论文,博士生的问题意识也同样会受到影响。不少作者把写论文的精力花在对外文资料的综述上,未能发现问题、提出问题。较好一些的论文,虽然能提出问题,但提出的问题往往游离于国内学界的焦点之外,并不是国内外国文学研究界关注的热点或迫切需要解决的问题。譬如有一篇写得很不错的研究柯勒律治及爱伦·坡神秘主义诗歌的博士论文,作者通过对两位诗人神秘主义诗歌深入细致的梳理,尤其是通过对诗意神秘主义发展历史的描述及其丰富内涵的全面审视和剖析,实际上已经触及当代人类社会普遍面临的一个巨大社会问题:随着人类物质生活和经济生活的日渐富足,随着科学技术的飞速发展并在人类的生活中越来越占据似乎主宰一切的地位,人类生活中的诗意精神却正在丧失。本来,如果论文作者能联系国内当前社会中人文精神的失落和重建等问题作进一步的阐发,将会是一篇非常出色的立足点高、现实性强的博士论文。但是非常可惜,作者没有与国内的现实问题挂上钩。

用外文撰写论文带来的第三个负面影响是,它制约了论文作者的创新能力,影响了作者的学位论文意识。学位论文与一般的专著不同,它有自己的一套格式,绝不是对某一个作家、某一部或几部作品的简单梳理和分析。我看过一篇博士论文,是写美国南方文学的。作者引用了大量的第一手资料（有些资料还是我们国内没有的），对美国南方作家及其创作，一个一个进行了相当具体的评述。但我对这样的论文评价不高，觉得这与其说是博士论文，不如说是一部简明美国南方文学史。然而，如果说作为一部简明美国南方文学史它还不错的话，那么，作为一篇博士论文，严格而言，它是失败的，因为它缺少博士学位论文的意识。

此外，更有不少博士生被外文资料牵着鼻子走，迷失了一个中国的外国语言文学专业博士生的立场和视角，发现不了只有站在中国文化、文学的立场上才能发现的问题。于是，他们的论文便成了外文资料的梳理和堆砌。杨周翰教授生前曾多次强调，我们中国人研究外国文学一定要体现中国人的灵魂，但目前用外文撰写的博士学位论文大多看不见这个中国人的灵魂，这是值得引起我们警惕反思的。

综上所述，为了在学位论文的撰写中体现我们国家的主权、捍卫我们国家的尊严和民族语言的地位；为了让研究生通过博士学位论文的撰写，得到一个比较严谨完整的学术训练；同时，也为了让研究生能在博士论文中更好地展示其开阔的学术视野、表现其积极的创新能力，我建议：除特殊情况外，一般的外国语言文学专业的博士论文应该规定用我们的母语（即中文）撰写。

是词典，不是法典

《现代汉语词典（第6版）》（以下简称《现汉6版》）因为收录了"NBA"等239个以西文字母开头的词语，居然遭到一百余名专家学者联名"举报"，指其"违法"。消息一出，引得学界坊间一片沸沸扬扬，惊愕不已。

我们知道，《现代汉语词典》是我们国家一本比较权威的汉语语言词典，在我们的文化生活中具有比较大的影响。然而不管这本词典有多么权威，影响有多么大，它终究只是一本"词典"，一本语言类的工具书，而不是一本"法典"。它对你我，以及这一百余名"举报"的专家学者，甚至更多的专家学者，都没有任何法律的约束力。《现汉6版》收录了两百余个西文字母开头的词语，你可以赞成，也可以反对，甚至撰文批评、抨击，但要祭出法律的大旗，上升到"违法"的高度，在学术环境已经相对比较宽松的今天，这种"上纲上线"的做法未免让人觉得有点过了。

词典的编纂，表面看上去似乎只是一些对词条的取舍、对语词的释义等比较机械烦琐的文字工作，其背后其实贯穿着编纂者的一种学术立场，如某些词条的取舍和释义，实际上也正是编纂者一种学术观点的反映。所以，《现汉6版》收录二百多个字母词，其根本性质就是一个学术行为，反映的是编纂者的一种学术立场。对此行为，对此立场，我们完全可以从学术争鸣的层面上来展开讨论，探讨这个行为正确与否，研究这个立场可取与否，却没有理由上纲上线到"违法"的高度，兴师动众予以"讨伐"。这种以"势"压人、以"法"压人的做法，除了令人反感，于问题的解决无任何益处。

至于说到《现汉6版》收录字母词对读者有"引导"乃至"误导"之嫌，那么举报者也应该首先去"举报"眼下正在大量使用字母词的报纸杂志、广播电视等媒体以及相关出版物，它们对读者的"引导"乃至"误导"可天天都在进行着，远甚于《现汉6版》，为什么不去"举报"它们"违法"呢？《现汉6版》不过是跟在它们后面（指时序，而不是指做它们的"尾巴"），对眼下这种语言现实的一种承认罢了。其实这也是《现代汉语词典》编纂的应有之义，即对"现代汉语"使用现实中事实的承认，而不是闭眼不顾当代汉语的实际发展和变化的现实，空唱"捍卫汉语纯洁性"的高调。

汉语纯洁性其实永远是一个相对的概念，不可能一成不变。站在孔夫子时代（甚至不用站得那么远）看五四时期的白话文汉语，肯定也会觉得后者不纯洁。站在改革开放前的语言立场上看现在的汉语现象，当然也同样如此。然而语言终究是要发展的，我们目前正处于国家一个前所未有的、空前开放的时代，互联网等现代通讯科技的迅速发展，进一步加快了我们与外界的交往与联系。外界的新现象、新事物、新概念、新表述等铺天盖地袭来，让我们应接不暇，无法立即消化，字母词正是在这样的背景下进入了现代汉语的应用领域，并为广大群众所接受和应用。这是历史使然，时代使然，是正常的语言现象。想想我们把"德律风""水门汀""伊妹儿"转化为"电话""水泥""电邮"用了多少年吧。所以，语言文字工作者要做的就是适时地把握这个趋势，把其中比较科学、比较合理的语词甄别出来，甚至把它稳定下来，然后推荐给群众。我觉得《现汉6版》现在做的正是这样一项工作，就这项工作的性质而言，无可非议。至于具体的细节方面，诸如认为《现汉6版》的字母词收得太多了或是太少了，或是哪些词不该收、哪些词该收而未收，甚至字母词在词典中的位置该放在正文中还是附录中，等等，这些问题完全可以展开讨论，却无关乎违法不违法。当然，如果《现汉6版》摆出一副以"法典"自居的面孔，动辄指责人家不用它收录的字母词或是用了它没有收录的字母词，就"举报"人家"违法"，那它才是真正的"违法"，因为我们国家的法律迄今为止还没有赋予哪一部语言类工具书以法律的权力。

语言类工具书收入甚至照搬外来词在国际辞书编纂中也是相当普遍的现象，例如著名的《牛津英语词典》，每一版都会新增许多外来词。诚然，英语词典对外来词都标明了国别语种的来源出处，但我觉得对当代汉语中的字母词不标明出处也无伤大雅，因它们迥异于方块字的外形，读者一望而知它们是当代汉语中的"异类"，不会与"纯洁"的汉语相混。因此，这些字母词无论是放在正文的后面，还是放在特设的"附录"里，我觉得都没什么问题。而作为一本当代汉语的工具书，《现汉6版》收入一些字母词，不仅会为国内读者在阅读现代汉语文本时提供相当程度的方便，也会为国外非英语国家的汉语文本阅读者带来极大的便利。

总之，作为一本语言类工具书，《现汉6版》收录一些字母词体现了它对汉语"现代性"的关注，体现了它对当代汉语现实的事实承认，恪尽了工具书的功能职责，无可指责。至于它该不该收字母词，如何掌握其中的"度"，纯粹是一个学术问题，可由专家学者心平气和地展开讨论，进行研究。把学术问题非学术化，以"法"唬人，对我们这些从20世纪六七十年代过来的人来说，此种做法并不陌生，似曾相识。只是这种"似曾相识"并不让人感到亲切。

大作家与"小人书"

正当近日几家报纸先后刊出文章感叹"找译者难"并为"今后谁来为少年儿童翻译作品"忧心忡忡之时,我看到了海南出版社出版的"火凤凰青少年文库"中的两辑"少年小说译丛",不禁一阵惊喜。

进入新时期以来,中国的外国文学翻译呈现出前所未有的热潮,一大批优秀的外国古典和现当代文学名著,或重译,或新译,陆续被译介给中国的广大读者,有的作品甚至出版了十几个乃至二十几个译本。但与此同时,外国优秀儿童文学作品的译介却成了被遗忘的角落。20世纪80年代以来,除了重新翻译出版"文革"前就已介绍过的安徒生、格林兄弟的童话,凡尔纳的科幻小说等比较有限的一些作品,其余似乎乏善可陈。在这种情况下,专治中国现当代文学批评的著名学者陈思和教授,竟能在其繁忙的学术研究之余,关注少年儿童的精神食粮,推出如此一套内容精彩、引人入胜的"火凤凰青少年文库",尤其是还别具匠心地组织了两辑"少年小说译丛",实在令人钦佩。

陈教授关注少儿文学的翻译出版,一方面是由于他从自身的经历中深切体会到优秀少儿文学在青少年成长过程中的巨大作用,另一方面还因为他看到了当前中国存在着的一个严峻的社会问题：许多家长望子成龙心切，为孩子安排了繁重的学习任务，却剥夺了孩子们游戏、幻想和看闲书的时间。由于中国社会在特定阶段实施特殊生育政策，孩子们已经过早过多地进入了成人世界，失去了少年儿童应有的稚趣生活。若现在再把他们遨游文学世界的权利也剥夺了，孩子们的心灵世界将会变得何等的单调和贫乏啊！我甚至担心，真如此下去，现在这一代孩子长大以后，回忆自己的童年时代，很可能会像契诃夫那样发出"在我的童年没有童年"的悲叹。由此可见，为少年儿童编辑一套适宜他们阅读的优秀读物具有何等重大甚至迫切的现实意义。

说起来，大作家关心少儿文学作品，亲自为小读者翻译或撰写少儿文学作品，在中国文学史上不乏先例。鲁迅就翻译过不少外国儿童文学作品，如潘捷列耶夫的《表》等，冰心、叶圣陶等更是写了大量的少儿文学作品，这些已尽人皆知。国外也是如此。在俄国，著名诗人普希金给孩子们奉献出了《渔夫与金鱼的故事》等优美的童话诗，托尔斯泰写有许多专给小读者看的故事，高尔基则专门出了一本《给孩子们》的集子；在英国，除了《爱丽丝漫游奇境》的爱丽丝，狄更斯笔下的《雾都孤儿》的奥列弗·退斯特，《孤星血泪》的匹普，以及作为作家自我写照的大卫·科波菲尔，都是世界文学史上脍炙人口的儿童文学形象；在美国，马克·吐温的《汤姆·索亚历险记》《哈克贝里·芬历险记》以及《王子与贫儿》等作品，也都是小读者们津津乐道的儿童文学精品……从这个意义上看，这套"火凤凰青少年文库"继承并发扬了中外文学史上一个极其优秀的文学传统。

这两辑译丛，前一辑收入了英国季洛姆的《三人同舟》，格雷厄姆的《杨柳风》《黄金时代》《做梦的日子》，吉卜林的《丛林之书》《丛林之书二集》；后一辑则推出了季洛姆的《三人同游》，马克·吐温的女儿克莱门茨的《老爸马克·吐温》，英国金斯莱的《水精灵》，索威尔的《黑骏马》，麦瑞特的《新森林里的孩子》和奈斯比特的《铁路少年》。这些作家都是在英美文学史上享有盛誉的大作家、大散文家，他们用如椽之笔，为孩子们描绘出了一个跌宕起伏、奇趣盎然的文学世界。不无必要一提的是，为这两辑译丛翻译的几位译者，尽管年轻，但译笔都非常流畅，用词浅显，接近少儿生活的实际。我相信，这两辑译丛一定能成为孩子们的好朋友，帮助他们找到童年生活应有的情趣。

第三编 师友杂忆

人格光辉　永存世间
——贾植芳先生去世一周年祭

先生走了，走得很突然。我清楚地记得，去年的这个日子，农历大年初二（2008年2月8日），我照例是要和内子曼娜（先生总亲切地称呼她"小金"）一起上门给先生拜年的。这已经是我们多年来每年春节生活中的"固定节目"了：年前我总是与思和先约好，两家一起于大年初二去给先生拜年，同时在先生家吃个午饭。这次我事先打电话过去，却获悉先生不在家，住进医院了，我听了不禁一怔。于是年初二一早我就与内子打了个的赶往医院探望。进入病房时，先生还睡着没醒，陪在一旁的先生的侄女桂芙将他推醒。先生见我们来了，显得很高兴，兴奋地讲了不少话，问我最近又去哪里开会讲学。他把上海作协新出的一套小说丛书拿出来给我们看，还要内子挑几本带回家去看。桂芙告诉我，先生其实并无大病，之所以住到医院里来，主要是看中这里比较暖和，另外医疗条件也有保证，万一有什么不适，随时叫得应。桂芙说他们打算等天气转暖和些就出院回家。我看先生的脸色、神气确实不错，红光满面，讲话的声音也依然是那么洪亮，倒也放心不少。临走前先生还与我开玩笑，说要我请他上饭馆吃饭，我说："好，待您出院后我们就去。"然而我们怎么也不曾料想到，这句话竟然成了一张永远也无法兑现的"空头支票"。

　　3月底4月初时,先生的身体情况好像还很正常,没什么异样,但4月22日清晨,六点刚过,我还未起床,突然电话铃声响起。我拿起听筒,只听见听筒那头先生的养女桂英带着哭音对我说:"谢老师,先生不好了,你赶快过来看一看吧!"我听了大吃一惊,赶紧起床,匆匆漱洗完毕,在大门口拦了个车赶往医院。到了医院,只见先生的情况的确很怕人:双目紧闭,鼻孔塞着氧气管,嘴张得很大,大口大口地喘着气,胸口一起一伏,显得很吃力,一旁的支架上吊着葡萄糖盐水瓶。桂英凑在先生耳朵边大声说:"谢老师来看你啦!"先生没有什么反应,眼睛似乎睁了一睁,但终究没有睁开。我对桂英说:"不要叫了,就让先生静静地躺一会儿吧。"我发现先生的肚子显得很大,桂英说医生怀疑先生是肠梗阻,但因为前不久刚装了心脏起搏器,所以不能开刀。先生上气不接下气地吃力喘气,我们在一旁看着的人也都很难受,但又帮不上忙,只能在心中暗暗祈祷上苍保佑先生尽快渡过这个难关。因为那天正好是我们高翻学院研究生考生入学口试,我必须参加,所以八点多我只能匆匆离开医院回学校。下午四点多,口试结束,我立即给医院打了个电话。桂英告诉我,作家沈善增先生来过了,沈先生对气功颇有研究,他给先生发功,似乎有些效果:先生放了几个屁,还有了想如厕的感觉,这说明上下通了。听了这个消息,我心中宽慰不少,心想先生这一辈子挨过了不少人生的难关,现在这个难关最终应该还是能挨过去的吧。

4月24日下午三点多，我在复旦光华楼会议室参加一个文艺学研讨会。我和上海师大的孙景尧教授刚刚发完言不久，突然接到宋炳辉从医院打来的电话，称先生现在的情况很不好，如果走得开的话，希望我能立即去医院。景尧在一旁听了也非常着急，于是我们一起向主持会议的朱立元教授打了个招呼，便急匆匆地离开会场，由景尧开车，直奔医院。

赶到医院，先生的病房里里外外已经站满了人，约有二三十个。大多是先生的学生，或学生的学生，也有几个是报社的记者，表情都很凝重。医生和护士紧张地一会儿进，一会儿出。我穿过人群，挤到先生的病床前。桂英看见我，便凑到先生耳朵旁边说："谢老师来看你了！"我也凑上去大声叫了两声："贾先生！贾先生！"但是先生都没有反应，只见他闭着双眼，非常吃力甚至痛苦地大口大口喘着气，床头监护器荧幕上的绿色波线不停地跃动，忽高忽低，显示老人正在和病魔作最后的抗争。病房门口的走廊里，刚从北京特地赶来的李辉告诉我说，他中午刚到时与先生说话，先生还有反应，眼睛也能睁开，似乎还能进行一些交流，但两点以后先生的眼睛就睁不开了，跟他说话也没有了反应。五点半多，王生洪校长又一次来到病房，据说他一直在医院守着。他关切地听了桂英和桂芙对先生病情进展的介绍，宽慰了她们几句，然后又对陪同在一旁的思和关照了好些话。

人越来越多，大多是闻讯赶来的各个时期的贾门弟子和陈（思和）门弟子。连远在苏州的范伯群教授也不顾自己年事已高，闻讯后立即要了辆车，急切地往医院赶来。大家都已经不说话了，默默地看着医生和护士不断地从病房进进出出，心中暗暗希冀奇迹的发生。但根据医生、护士的表情，大家也理智地意识到，也许最后的时刻就要到了。突然，病房里传来桂英、桂芙以及一些女同学的哭声，随即又听到了孙正荃老师的朗朗声音："先生，您走好！先生，您走好！"我下意识地看了一眼手表：六点三刻。有好几个人急着挤进病房，想与先生作最后的告别。病房里显得有些忙乱，我没有立即走进病房。我站在电梯口走廊的窗户边，望着窗外城市上空渐渐降临的暮色，强忍已久的眼泪这时不由分说地夺眶而出。我突然意识到：对我人生道路产生最重要影响的一个人已经离我而去了！我感到悔恨，因为近一年多来，由于教学、会议、讲学、赶稿等各种各样的原因，去看望先生的次数比以前少了很多，心里总想自己离先生这么近，随时随刻都可以去看他的，先生也永远会怡然地坐在他书房的藤靠椅上，手中拿着一本书，等着我去跟他说话。然而从现在起，我却再也看不到先生了！我再也听不到先生那爽朗开怀的笑声、风趣幽默的话语、充满睿智的评点、语重心长的叮咛了！远处天边有一朵小小的云彩正渐行渐远，那是先生不朽的灵魂正在向天堂升去吗？暮色渐浓，但先生的音容笑貌、他支着拐杖踽踽而行的身影，以及我与先生相知、相识，聆听先生教诲的往事，犹如电影中的画面，一个接一个，无比清晰地浮现在我的脑海中。

与先生交往，首先感受到的是他的平易近人、平等待人。先生是名闻海内外的作家、翻译家，中国现代文学研究的权威，但与他交往时从来也不会觉得他有一丝一毫的名人、大学者的架子。如果你为他做了点事，哪怕是一件微不足道的小事，他都会放在心上，而决不以名人或长辈自居，觉得享受人家对他的帮助是理所当然的。我与先生建立起比较经常和深入的交往，也正是由一件小事开始的。1985年9月，香港中文大学举办比较文学研讨会，邀请海峡两岸暨香港的比较文学学者，包括十多名大陆学者参加。这是改革开放以来大陆人文学界第一次有这么多的学者同时参加在境外举行的学术会议。国家教委（现教育部）对此非常重视，专门把这十几名学者组成一个代表团，由时任高教一司司长的蒋妙瑞先生（后任中国驻美大使馆公使衔教育参赞）和外语处处长杨勋担任领队，委派先生担任代表团团长。当时各学校和单位的经济条件没有现在好，不可能为大家都提供直飞香港的机票，所以规定大家先到深圳集合，然后由深圳过罗湖海关，再搭乘火车去香港中文大学。考虑到先生年事已高，特准其直飞香港。但先生的独立行动及生活自理能力不是很强，需要人照顾，我于是表示可以全程陪同先生，同时负责照顾先生在港期间的生活起居。然而好事多磨，申办赴香港开会的手续比出国要复杂得多，我和其他代表好不容易都先后拿到了各自的签证，先生的签证却一直没有批下来。当时出境的机会极为难得，先生很体谅人，所以一次次地对我说："你不要等我了，你管你先去吧，我自己会来的。"而我既然已经承诺在先，当然也不会弃先生不管而顾自赴港开会，所以我也一次次安慰先生说："不用担心，我会等你的。"后来，直到距开会只有一两天的时候，思和专门从上海飞到北京，把先生的签证取来，这才圆满解决了先生赴港开会的事。先生事后对我说："如果你一人先去了香港，那我一个人是不会再去开这个会的了。"从香港回来后没几天，先生打电话邀我去他家吃午饭。我原以为这大概是先生正好要招待他的朋友或其他什么人，顺便让我也去一起吃饭的。谁知到了先生家里一看，只有我一个人，我这才明白，原来先生是特意准备了这顿午饭来答谢我在赴港开会期间对他的照顾。我很感动，因为陪先生赴港开会于我来说其实并不需要付出特别的精力和心思，至多也就是每天陪着他从我们下榻的宾馆走到会场，然后在会议结束后从会场走回宾馆罢了。相反，我倒还因此沾了先生的光。先生有一批解放前留在香港做生意的老朋友，几十年不见，获悉先生来香港开会，特地在一家非常高档的大酒店设宴招待先生，与他叙旧。我因为要陪先生，也就有幸忝陪末座，也因此生平第一次走进如此豪华的大酒店，第一次尝到了以前只在小说中读到过的鱼翅、鲍鱼等山珍海味。但先生不这么看，他觉得你照顾了他，他就要设法有所表示，甚至回报你。这也是先生做人的一个基本准则。

先生的平等待人并不限于我们这些与他有共同专业的人士。有一次，内子帮我去先生家还书，回来后她告诉我，先生与她谈了一个多小时，谈得津津有味。这让我非常惊讶，因为内子是高分子专业，与我们这些搞文学的简直没有任何共同语言，但先生就是有这样的本领，他与各行各业的人都能谈得来，还能与他们交朋友。在先生家的客厅和书房里，你不仅能见到来自香港、台湾地区，以及日本、美国等地的海内外著名作家、诗人、学者，还能见到一些非文学专业的人，见到普通的工人师傅、小男孩，等等。先生对他们都一视同仁，同样热情地接待。我们好多次在先生家吃饭，那位工人师傅都与我们同席。那个小男孩更是有趣，他把先生家当作他自己的家了，下午三四点钟放学不回自己的家，径直走进先生家的厨房（先生家的厨房门永远是敞开的），大声叫嚷着："我肚子饿了，给我做碗面吃！"先生也就赶紧让桂英或师母给他做面。先生这种平等待人的态度，折射出的是他内心深处对每一个人的关爱，对每一个生命的尊重。

先生一生坎坷，在四个时期坐过牢，一生最宝贵的岁月都是在监狱里度过的，所以他一生在物质上其实并没有富裕过，然而他对物质生活和金钱，却看得很淡。他有一种豁达的金钱观，他经常对我说："小谢，我刚到上海的时候，身上只有八分钱。到现在这八分钱还没用完呢。"说完后爽朗地哈哈大笑，言下之意，现在能过这样的生活，能有这么点钱，都已经是白赚的了。我与先生交往二十多年，从来没有听他说起钱的事。特别是在他晚年，与日渐上涨的物价和他的家庭开销相比（除日常开销，他还要支付一个全职保姆的工资），与我们这些后辈的工资收入相比，他的退休工资显得相当微薄，甚至很不合理，但我也从来没有听到他对此有所抱怨。他一如既往，永远是那么的乐观、开朗、豁达。

尽管并不富裕，但先生对朋友、对学生，却极其慷慨大方、从不吝啬。我听先生说过一件往事：解放前他还年轻的时候，和一帮朋友在上海滩上奋斗打拼。他靠写文章、译书赚些稿费，黄永玉、方成（那时他们还都是小青年，也还没成家）靠给报纸画画赚点钱。相对而言，他赚的稿费还比他们画画的钱多一点。有一天黄、方两人来到先生家，但家里没有什么可吃的，于是师母便悄悄地把一件大衣拿到当铺里去当了，换回几个钱，然后买了阳春面、猪头肉回来，让大家饱餐一顿。20世纪80年代复出以后，先生仍然是这样的作风，朋友、学生也都喜欢上他家去，高晓声、孙立川等，都在先生家住过。其中接连有好多年，几乎每个星期五，我和思和，还有宋炳辉、张新颖、张业松等年轻人，都会在先生家午餐。为了让朋友、学生吃得好，先生特地让桂英和她先生进修了厨艺，家里还添置了圆台面和转盘。台湾诗人罗门、林耀德于80年代初访大陆，先到北京等地，后到上海拜访先生，并在先生家与我们一起共进晚餐。饭后他们对我们说，这是他们在大陆吃到的最好吃的一顿饭。美国的李欧梵教授也喜欢到先生家来吃饭，与先生聊天。90年代初，李欧梵教授好像正在为撰写一本关于现代主义的书来上海找资料。有一天晚上，他来先生家晚餐，先生约我作陪。饭后送别时李欧梵教授对我说，听贾先生讲话，很过瘾，对他了解三四十年代的老上海很有帮助。

　　说到吃饭，我还想起一件趣事：有一次先生请伍蠡甫先生夫妇吃饭，也让我作陪。我因为经常在先生家吃饭，所以吃饭时并没有什么顾忌，想吃什么就夹什么。伍先生见状大吃一惊，说："你是真吃啊？"我们听了都大笑，因为先生请人吃饭，都是很真诚的，真心实意地希望客人吃好、喝好，所以大家从来都是敞开心怀地喝酒，无拘无束地吃菜的。伍先生是老上海老派作风，就像我的父母从小教育我的那样：到人家家里吃饭切不可放开吃，夹菜就夹在自己面前的菜，不可夹自己对面盘子里的菜；出去做客到人家家里吃饭，最好先在自己家里吃点东西垫底，免得到人家家里吃多了，吃相难看等。

尽管并不富裕，先生却还在一件事上出手非常大方，那就是买书和赠书。20世纪80年代曾经内部发行过一套装帧豪华的线装本《金瓶梅》，定价要好几百元，相当于先生好几个月的工资，但先生毫不犹豫就买下了。我每回到香港去开会，先生总会开出几本书的书名，要我到香港去帮忙代购。香港的图书要比内地的图书贵好多倍，但先生从来不考虑这个问题。他买书时大方，赠书时也同样大方。每逢先生有新出版的书，他总要买下好几百本书分别赠送给朋友和学生。有时候并不很熟悉的人正好到他家去，他也会热情地把刚出版的新书签上名赠送给大家。国内图书的稿酬普遍都不怎么高，所以我对桂英说，像先生这样买这么多书送人，恐怕他的稿酬还抵不上买书钱呢。但先生从来不计较这些。与此形成鲜明对照的是，他为改善家里的物质条件花钱时却显得很"小气"。家中一台十六英寸的彩电，还是1985年与我一起到香港开会时带回来的，一直看了十多年后才换了一台二十一英寸的。洗衣机、空调等，也都是在他晚年的最后几年才添置的。而早在八九十年代，他好几次出国回来，都拥有这些家用电器（当时都是极其难得的紧俏商品）的购买"指标",但他都让给其他人了。对物质生活,先生从来就没有什么高的要求。

先生更关心的是国内高校的人文学科建设,是学生的学业以及他们的学术成就。他是"文革"后国内最早大力倡导比较文学教学与研究的老一辈学者之一,与北京大学的季羡林、李赋宁先生等南北呼应,有力地推动了比较文学在中国的重新崛起。孙景尧、卢康华两人相互本不认识,是在先生的热心牵线撮合下,才分别从哈尔滨和南宁来到上海,携手合作,推出了中国第一部比较文学专著《比较文学导论》。同样,也是在先生的积极联系及推荐下,加上先生的老友、时任浙江文艺出版社总编的夏钦翰先生的支援,中国第一本比较文学杂志《中国比较文学》于1984年在浙江文艺出版社正式出版。先生对这本杂志非常重视,多次对我说,一门学科是否确立,有三个标志:第一是有没有本学科的理论专著,第二是有没有走进大学的课堂,第三是有没有一本自己的专门杂志。他关照我一定要认真把这本杂志办好。先生不仅自己为杂志撰稿,还写信约胡风等著名作家为我们这本新创刊的杂志写稿。与此同时,他还经常为杂志荐稿。

其实,在先生家里吃饭并不是单纯的吃饭聚会,更多时候像一场小型的学术聚会。一起吃饭的也不限于我们几个常客,经常还有报社、杂志的记者,出版社的编辑,以及从外地来上海出差时专门来看望先生的专家学者,等等。因此,饭前、饭后,甚至在吃饭过程中,谈话的内容也大多离不开学术研究。我们或是听先生讲文坛往事以及先生自己的传奇经历（我曾把先生在20世纪50年代上海提篮桥监狱里邂逅邵洵美的故事转述给乐黛云、饶芃子教授听，她们听了也非常感慨，唏嘘不已），或是彼此交换学术信息，畅谈各自的研究计划。我和思和给台北业强出版社主编的几套丛书，如"外国文化名人传记丛书"和"中国文化名人传记丛书"等，就都是在先生的书房里和饭桌上酝酿成熟的，这些丛书给我们的青年教师、博士生们提供了练笔的机会，也给他们走上学术研究的道路提供了一个良好的开端。先生尽管年事已高，但思维仍然非常活跃，学术视野开阔，经常会给我们出一些好的点子。正是在他的建议下，我翻译出版了《普希金散文选》，任一鸣翻译出版了《勃留索夫日记钞》，宋炳辉翻译出版了《伍尔芙日记选》，等等。朱静教授也接受了先生的建议，把纪德的《访苏归来》重新翻译出版，赢得了读书界的注目。我本人关于翻译文学、翻译文学史的思考，更是得益于先生的许多教诲，如具体指点我去阅读陈子展的《中国近代文学之变迁》和王哲甫的《中国新文学运动史》，从而使我对中国的翻译文学史概念的形成、发展过程有了更加深刻的认识和了解。

先生晚年最高兴的事就是看到他的学生们、晚辈们有新的科研成果出版、发表。每次当我把我新出的某本书给他送去时，他的兴奋之情简直比自己出了一本新书还高兴。他对学生、晚辈的这种关爱是由衷的、发自内心的。他在晚年还不遗余力地为学生、晚辈们的科研成果写序，目的就是让学生们、晚辈们能早日在学术界脱颖而出。让我感动的是，先生在为我们这些晚辈和学生的作品写序时，从不居高临下，而是持一种非常谦和的心态。正如他在为拙著《译介学》写序时所言："写序虽然花掉了我不少时间，我却是乐此不疲，因为我觉得为中青年朋友的著作写序，实际上也是一个与中青年学者交流思想的很好的机会。在写序的过程中，我也从他们的著作中掌握了不少当代学术界的新信息，看到了不少新思想，也学到了不少新知识。"不难发现，平等待人的思想实际上体现在先生行为的所有方面。

先生走了，不过我觉得先生没有走远，他仍然在我们身边。他的音容笑貌，他的崇高品格，他对我们的无私关爱，将永远留在我们心中。

写于2009年1月27日农历正月初二

方重与中国比较文学

我很早就听说过方重先生的大名,但很晚才有机会拜识并当面聆听方先生的指教。20世纪60年代上半期,那时我还是一名在上外(当时为上海外国语学院)求学的本科生,每当我和同学在晚餐后一起在校园内散步时,经常会看见一对年长的夫妇挽着手臂走过。说他们年长,其实也不过六十岁左右的样子。女的皮肤略显黝黑,稍胖一些;男的中等身材,皮肤白净,头发有点花白,戴着眼镜,人较清瘦,但精神矍铄。我不大看见他们俩相互讲话,也不大看见有人与他们招呼,他们只是慢慢地散着步,神色淡定,给人一种超然物外的感觉。有同学告诉我,那位戴眼镜的老先生就是国内大名鼎鼎的中古英语专家,著名的乔叟汉译、陶(渊明)诗英译翻译家方重先生,当时上外最高级别(二级)的教授。然而不久后,"文化大革命"爆发,上外第一张"重磅炸弹"式的大字报,矛头立即指向所谓"反动学术权威"方重先生。一时间,批斗方先生的大字报铺天盖地,高音喇叭里的吼叫声震耳欲聋,可谓是"黑云压城城欲摧",形势极其紧张。然而,傍晚时分,我还是经常看见方师母挽着方先生的手臂,两人相互依偎着,在校园内散步,步履仍然是那么的沉稳,神色依然是那么的淡定,超然物外。

再次见到方重先生已经是20世纪80年代的事了。那时我已结束了十一年的中学教师生涯，重新考回上外读研究生，接着毕业留校，在上外刚建立的外国语言文学研究所工作，而外国语言文学研究所的所长正是方重先生。

尽管方先生是所长，但他其实不大到所里来，主持研究所日常工作的是常务副所长廖鸿钧教授。廖先生为人宽厚，对方先生又相当尊重，所以这段时间是方先生晚年心情最轻松、最愉快的时光，看见他时总见他脸带笑容。

那时《中国比较文学》杂志已经创刊，方先生是副主编。作为所长，方先生对研究所的事并不太过问，但作为副主编，他对比较文学杂志特别关心，每次来研究所，他总会到编辑部坐坐，跟我们编辑部的几个年轻人"随便谈谈"。方先生的经历其实非常丰富，早在1923年他就负笈美国，在斯坦福大学及加州大学跟从国际著名的乔叟研究权威学者塔特洛克教授等从事英国文学及语言研究，并先后获学士、硕士学位。1927年回国后，他相继执教于中央大学、武汉大学，担任英语系主任及教授等职。第二次世界大战后期，他又应英国文化委员会之聘，赴英国剑桥、伦敦、爱丁堡等大学以及比利时布鲁塞尔等大学讲学。1947年冬回国后，他分别在浙江大学、浙江师范学院、华东师范大学、复旦大学等校任教授，1957年春又从复旦大学调至上外工作，任英语系主任。但是方先生在跟我们谈话时从来不谈过去的事，无论是当年那些辉煌的出国留学、讲学的经历，还是"文革"时期的经历，或者之前的不愉快往事。

他与我们谈话时，一是肯定研究所把比较文学列为研究重点，觉得这样做避免了与校内各系的外国文学教学与研究的重复，而且比较文学长期以来在国内是被忽视的，现在重新开始研究很有必要，也很有前景；二是总会提醒我们，研究比较文学不那么容易，要花大功夫。

对方先生所说的研究比较文学要花大功夫的话，一开始我们的体会并不是很深，但后来拜读了他写于1931年的长篇论文《十八世纪的英国文学与中国》后，才具体认识到了什么叫"花大功夫"。这篇文章写的是18世纪的英国文学与中国的关系，方先生却从16世纪开始写起。从16世纪一位教授所著的《英国十六世纪的航海业》一书中所透露出来的对"震旦古国"（中国）的梦想与寻求，到17世纪许多耶稣会徒的书信对中国的描述，以及英国散文家波顿（Robert Burton）在《忧郁的分析》中对中国的想象（"一国的人民，知礼，顺从，晓达，和平，安静，富足，繁盛，和睦，互助，有肥沃之农田、稠密之城市"），再到17世纪后期英国舞台上上演的中国题材的戏剧，方先生探幽析微，追根溯源，把引起18世纪的英国与中国发生关系的几个重要事件与历史背景一一交代清楚，然后才切入正题。

进入正文之后，方先生论文中引述材料之丰富，分析之精辟，更是令人叹为观止。他首先从1711年开始发行的《旁观报》中找出当时主要的散文家司蒂尔·爱迪生的一些关于中国的文章，如用游戏文字杜撰的中国皇帝给罗马教皇的信，推崇中国以孝为本的短文，以及以中国为背景虚构的《一篇洪水以前的故事》等。然后又引述了18世纪英国著名诗人蒲伯文章中涉及中国的文字,如蒲伯发表在《守护报》上的推崇中国式花园建筑的文章等。

《鲁滨逊漂流记》是中国读者耳熟能详的故事。方先生在该书的第二部中发现了作者笛福记述鲁滨逊由荒岛归来取道中国回国的一段描写,尽管这段描写更多着墨于中国人的负面形象。不仅如此,方先生还挖掘出笛福另一部鲜为人知的作品《新路程环游世界记》和文章《团结者》,前者讲到在中国的沿海贸易,看见许多古怪丑陋的中国人;后者是一篇讽刺作品,假托一个作者乘着一辆有翅翼的飞机,名为"团结者",从中国飞升月球,叙述中国及月国的社会、政治及文艺,并与欧洲的情况做比较研究。方先生指出,这篇文章实际上是顺应当时英国社会的趋势,用中国作陪衬,行"抨击欧洲社会"之实。

假借东方人的语气或中国题材的故事批评西方社会的作品,并不止于笛福,还有译自法国法学家孟德斯鸠的《波斯通信》、法国作家阿雄(Marquis D'Argens)的《中国通信》、法国作家基勒脱(Thomas Simon Guellette)的《中国故事》,以及法国耶稣会徒杜哈德(Du Halde)的《中国全记》等。这些著作"出版之后,一时英国文艺界的空气充满了中国的色彩。不但是文艺界,全社会都受了中国的洗礼……竭力推崇中国的文化"。

这篇文章在材料搜求和梳理上所花功夫之深,实在令人惊叹。文章还以更多的篇幅描述了元杂剧《赵氏孤儿》自法国至英国的传播过程和其中的变化，以及哥尔司密士（Oliver Goldsmith，现通译哥尔斯密）在其《中国通信》（后改名《世界公民》）中对中国故事的改造。但方先生的文章并不仅仅停留在材料的钩沉和搜求上，还通过对这些材料的比较分析，透视当时欧洲社会的心态："总结三篇比较的结果，我们可以说，哥氏与伏尔泰同是把社会做鹄的，而中国原本是泄露个人及个人的心。前者是借这段记事来纠正习尚，后者引一篇'奇迹'寄喻人生。所以研究比较文学，最大的兴趣恐怕就在看到相同的材料经过不同的手术，其结果跟从民族精神的不同而表现各种不同的艺术。"

方先生写这篇文章时还不满三十岁，但这篇文章表现出来的深厚的学识、开阔的视野，即使在将近半个世纪之后，仍然令我们佩服不已。所以当时我们都很惊讶，他为什么没有沿着比较文学的路走下去。我们好像也向他提过类似的问题，他笑而不答。显然，这背后涉及的问题太复杂了，他不便多讲。方重先生后来的工作重心显然转移到了翻译上。在这一领域，他所从事的乔叟作品的汉译和陶渊明诗文的英译，不光独步国内译坛，也令国际学界为之瞩目。从某种意义上而言，这也是方重先生作为老一辈学者对中国比较文学的特殊贡献。

方先生是第一个把乔叟作品翻译成中文的翻译家。早在1943年，他就翻译出版了《乔叟故事集》。此书后来经不断修订、补充、整理，以两卷本的形式于1962年出版，更名为《乔叟文集》，并在"文革"后重版。乔叟的作品都是用中古英语写成，国内懂中古英语的人屈指可数，方先生在着手翻译乔叟的作品之前，已经对乔叟作了十余年的潜心研究，再加上其深厚的中文修养，所以他翻译的乔叟作品，无论是对原文的准确理解，还是译文的确切表达，都堪称一流，甫一出版，即获得海内外学界的高度赞扬。1977年，"文革"刚刚结束，美国学术学会主席、国际著名乔叟研究专家罗明斯基即飞来中国，并专程拜访方先生，与方先生交流乔叟研究的心得。

方重先生的陶诗英译开始得也很早，自1944年起他就致力把陶渊明的诗文译成英文。方先生之所以会想到把陶渊明的诗文翻译成英文，根据我所接触到的材料，最直接的原因也许有两个。一是他在英、美两国访学期间，认识了一批学者，他们对中国文化和文学确实怀有真诚的感情，并高度评价中国文学和文化在世界上的地位。譬如，方先生在20世纪40年代末应邀赴英国剑桥大学三一学院做客座教授时，三一学院的院长特里维廉（G. M. Trevelyan）介绍他认识了自己的哥哥大特里维廉（R. C. Trevelyan），后者尽管是位希腊文教授，但对中国的诗歌很感兴趣，并且与当时已经成名的汉诗翻译家亚瑟·韦利合作，精心编选了一本汉诗英译的小集子 *From the Chinese*。在该集子的前面，大特里维廉写了一篇长序，序言中明确宣称："中国文化的发展要比英国早好几个世纪。当我们还在半野蛮的中古时期，中国文化已登上了世界文化的高峰。"再如，特里维廉兄弟和韦利在剑桥皇家学院的导师、著名学者迪肯森（G. L. Dickinson），对中国悠久的文化遗产也极其仰慕，还曾亲自访问过中国,并刊行了一本《中国佬书信集》(*Letters from John Chinaman*)。在这本书里,迪肯森沿用当年哥尔斯密所著的《世界公民》的题材与方法,假借一名中国知识分子的语气,义正词严地指责英国在20世纪初伙同西方其他霸权主义者入侵中国的蛮横行径。方先生曾指出,迪肯森的这一正义的呼声曾"轰动一时,扭转了当时西方思想界的一股逆流,抬高了中国数千年固有文化的巨大形象"。

方先生翻译陶诗的另一个原因,是他从接触到的英译汉诗的材料中发现,尽管这些汉学家、翻译家对中国怀有非常友好的感情,但由于不同民族文化之间的隔阂,他们对汉诗的理解和表达存在着一些误译,即便是亚瑟·韦利这样著名的汉学家,在翻译陶诗《责子》中的"阿舒已二八"时,仍不免误译成"A-Shu is eighteen"。与此同时,他们对陶渊明在中国文学史上地位的认识也有所不足。仍以亚瑟·韦利为例,他还另外编选过一本《170首中国诗集》。在该书的序言里,他称陶渊明为"中国最突出的一名隐士",但"不是有所创见的一位思想家,不过由于他别有风趣地反映了当时的社会风尚,因而不失其为一个伟大的诗人"等。[1] 这样的评价显然让方先

---

[1] 方先生在谈到此类现象时,表现出他一贯的宽厚,他说:"这种错译是由于一个外国人没有完全掌握我国习语所致,无可厚非,是易于改正的。威利自幼酷爱文艺,对西方文学颇有研究,对英诗创作是有才华的。但在他开始投入我国古诗的选译工作之时,年纪还轻而兴趣广泛。那时他尚未意识到我国的诗歌传统中陶渊明所处的时代背景和诗人对后世的影响。"(参见方重《陶渊明诗文选译·序》,上海外语教育出版社,1984年)

生感到遗憾,所以他要亲自动手翻译陶诗,为的是不让中国古代一位伟大诗人的"高风亮节""被世人忽视,或甚至曲解"。

方先生翻译陶诗的态度极其严谨。尽管他早在20世纪40年代已开始翻译陶诗,但一直不肯把译作交由杂志或出版社发表出版,总"感到自己对诗人的研究还不够深入,难于令人满意",总担心译作"不够成熟"。20世纪50年代,因香港一家杂志再三索稿,他"不得已从我稿纸堆里拣出几首诗人咏菊的诗篇","很勉强地送刊这第一批译稿"。发表后,他"再细读自己译文,颇觉译笔有些不足以表达原作的神韵和意境,一时十分懊丧"。他对自己译作的要求之严,由此可见一斑。

方重先生认为:"外译汉诗者要做好不同民族和国家之间的文化交流事业,必须先将诗人或思想家的历史地位与生活背景搞清楚,然后认真钻研其著作,才能译出好作品。"具体到陶诗的英译,他说:"我国诗史源远流长,陶渊明的品德修养和其社会处境是有其特殊渊源的,如果读者或译者不够了解,就很难真正欣赏到其诗品中的风格。"[1] 为了译好陶诗,他身体力行,专门与国内《陶渊明集》的编选者、北京大学的王瑶教授取得联系。与此同时,他还广泛收集国外出版的各种陶诗英译本,只要能买到的,千方百计地托人去买。买不到的,哪怕是借来看几个小时也好。

方重先生于1991年因病去世。他生前一贯淡泊名利,从不张扬

---

[1] 方重:《陶渊明诗文选译·序》。

自己，极少出现在公众场合。"闲静少言，不慕荣利"，陶渊明写在《五柳先生传》中的这两句话，用在方重先生身上，可谓是最确切不过的写照了。但"桃李不言，下自成蹊"，方先生的文名及其人格魅力不胫而走，远播海内外。自20世纪70年代末起，每每有外地或海外学者来上外访问，他们首先提出想见的人就是方先生。我本人当年就曾陪同香港中文大学的李达三教授登门拜访过他。

写到这里，我突然想到，我们作为方先生的后辈学人，除了追思方先生的高风亮节，恐怕还应该具体做些什么事情，譬如编一套方重先生的著译文集之类的事，这既是对方先生最好的纪念，也是对中国比较文学事业的具体贡献。

听季老谈比较文学与翻译

去年秋天的某一天,北京大学孟华教授给我打来电话,说前几天他们给季羡林教授祝寿,季老问她:"谢天振和他主编的那本《中国比较文学》杂志现在情况怎么样了?"孟华接着说:"你看,老先生想你了。你有机会来北京的话,快去看看老先生吧。"我听了后非常激动,说:"我一定去!我一定去!"

季老是《中国比较文学》杂志的创始人之一。1982年我在上海外国语学院研究生毕业留校工作后不久,受命筹办我们国家第一本专门的比较文学杂志——《中国比较文学》。因为季老是杂志的首任主编,再加上杂志的众多编委,如杨周翰、李赋宁、王佐良、周珏良、叶水夫、杨绛、唐弢等先生都在北京,所以那几年我经常要跑北京。记得第一次到北京去见季老,想到马上就要见到崇敬已久的大学者,心中不免有些忐忑。当时我的研究生导师廖鸿钧教授对我说:"不必紧张,季先生非常平易近人的。"果不其然,尽管那时季老是北京大学的副校长、全国人大常务委员会委员,我见到他却是在北大东语系一间非常简朴的办公室里。他穿着一套已经有点旧的深灰色中山装,脚上穿着一双黑色的圆口布鞋,说话有一点山东口音,语气非常亲切和蔼,还亲自为我们倒茶。他非常仔细和耐心地听我汇报《中国比较文学》创刊号的组稿和编辑情况,并不时给我们提些建议,发表他的看法。

  第一次见季先生,有一件小事给我留下了极其深刻的印象。当时汇报结束以后,我对季先生说,我们找到了朱光潜先生早期的一篇很有价值的比较文学论文《中西诗情趣比较》,很想把它发表在《中国比较文学》的创刊号上,以壮声色,但不知能不能请季先生帮我们介绍一下,好让我们去见朱先生,以取得朱先生的同意。季先生表示可以,并当即拿出一张报告纸为我们写了一封介绍信,然后把信对折了一下交给我。当我走出东语系大楼,打开季先生写的介绍信一看,不禁惊呆了,同时感到强烈的震撼。信的内容其实很简单,我已不记得确切的字句,大意不外乎是兹有上海外语学院的谢天振等同志前来为即将创刊的《中国比较文学》杂志组稿,希望朱先生能够接待一下之类的话。而信的抬头和落款,我至今仍然记得清清楚楚。信抬头写的是"孟实吾师"(朱光潜先生字孟实,不过我当时并不知道,只是猜测),落款是"学生季羡林"。一个身居北大副校长、全国人大常务委员会委员高位,名满学界的大学者,对他当年的老师,仍然如此谦恭,恪守弟子之礼。这件小事背后透露出的季先生的高尚品格让我感到强烈的震撼。尽管已经过去了二十多年,但每次想起,心中仍然禁不住有一阵阵深深的感动。

  接到孟华教授电话后不久,我正好在北京有一个会,于是利用会议间隙,在一天下午,在孟华教授的热心陪同下,驱车去301医院看望季先生。

说来惭愧，这几年我每年都有好几次到北京开会的机会，但每次都是来去匆匆，已经有好几年没有去看望季先生了。上一次还是由乐黛云教授陪着，与饶芃子教授一起到季先生家看望他老人家。那一次正好是季先生九十华诞之后不久，家里还挂着好几幅著名画家画的季先生的肖像画。我记得有一幅是范增画的水墨画，笔墨不多，但把季先生画得形神毕肖，跃然纸上。还有一幅是油画，我不记得是谁画的了，也画得非常精彩，把季先生深沉的气质刻画得栩栩如生。

我们走进病房时，季老已经端坐在一张小桌子后面了。虽说几年没见，但季老的外貌好像没有什么变化，还是像以前那样精神，人不胖也不瘦，身板骨依然像以前一样挺直。更令我惊讶的是，已经九十六岁高龄的季老，他的耳朵似乎并不很背，我们分坐在小桌子的两侧，我居然不用提高很大声音，就可以与他交谈。寒暄几句后，我赶紧拿出这次特地带来的最近一年出版的各期《中国比较文学》，向他汇报杂志的近况。

听说《中国比较文学》杂志的编辑、发行一切都很正常，还听说我们的杂志在美国的多家大学图书馆里都能看到，季老明显流露出比较高兴也比较满意的神色。"只是，"他说，"要把中国的比较文学研究成果及时介绍到国外去，一年四期少了些，每期的杂志也太薄了些。我们当年刚创刊时的杂志还是蛮厚的嘛。"我赶紧报告说："在上外学校领导和出版社领导的支持下，我们杂志从明年起将增加两个印张，开本也将改成国际学术期刊的开本。"季老听我这样说了后连声说好。

我乘机向季老请教他对当前国际比较文学研究最新发展趋势的看法。我说最近二三十年来，国际比较文学界明显出现了一个理论热，热衷于形形色色的时髦理论，从后现代到后殖民，从女性主义到解构主义，不一而足。与此同时，还有一种把研究对象从纸质文本扩展到非纸质文本，如影视、卡通、动漫等领域的趋向。我问季老如何看待这种趋向。

季老先是笑了笑，指指坐在对面的孟华教授说："国际比较文学研究，她是专家，她是专家。"接着，他沉吟了一下又说："搞比较文学研究，就是搞文学关系研究，不能脱离文本。我当初写《罗摩衍那在中国》，收集了好多个译本，我只能根据文本来说话。"

我说，当前国际比较文学研究中还有一个趋向，我把它称作比较文学的翻译转向。各种迹象表明，当前国际比较文学界显然越来越重视对翻译的研究。对此，我也很想听听季老的意见。

季老说："这个转向好，比较文学就是应该重视对翻译的研究。"接着他又回忆说："50年代时我们很重视翻译的，尤其是翻译批评。那时有一本杂志叫《翻译通报》，经常发表文章，对一些翻译质量差的作品进行公开批评。"

说到翻译，季老显然来劲了。他一边示意北大派来负责照看他生活起居的小杨老师到小房间里去拿书，一边继续对我说："但是现在我们的翻译批评太少了。报纸上、杂志上评论翻译的文章都是一些说好话的文章,很少见到实实在在地指出问题的文章。"

我说,报纸上批评现在翻译水平总体下降、翻译质量倒退的文章倒是不少,问季老如何看待这个问题。季老的回答稍稍有点出乎我的意料,却使我很受鼓舞。因为我这几年在好几个学术会议上一直在宣扬一个观点,即现在质量差的翻译作品数量确实不少,但我们翻译的水平应该说比以前是提高了。拿同一本文学名著的老译本与现在的新译本相比,当然是认真严肃翻译的新译本的质量比老译本高。季老的话居然也是这个意思,他说:"也不能这么一概而论。现在粗制滥译的作品是不少,翻译的人多了,出版翻译作品的出版社也多了,这种情况也在所难免。但是,好的翻译作品也不少。特别是一些名家名作,新出的译本质量显然要比从前的好。"

这时小杨老师拿来了两本书,原来是季老前不久刚刚出版的新著《季羡林谈翻译》。季老说:"我送你们每人一本书吧。"说着便翻开书的封面,拿出一支钢笔,在书名页上写下"老友谢天振先生指正",还非常仔细地署上姓名、日期,盖上他的私章。让我非常吃惊的是,季老题词时手竟然一点都不抖,字迹清秀。他甚至都没有问我的名字该怎么写,就把三个字写出来了,可见他的记忆力之好,因为我们毕竟有好多年没有见面了。

小杨老师已经暗示我们可以告别了。这时,幸亏孟华教授提醒我:"你不是还有事情要求季先生帮忙的吗?"我说:"对,对,尽顾着说话,差点忘记了。"于是对季老说,我们上海正在筹办一本新的杂志,刊名叫《东方翻译》,由上海翻译家协会与上外高级翻译学院合办的，想恳请季老为这本刊物题个词，不知有无可能？季老当场爽快地答应了。不出一个月，小杨老师就请孟华教授把季老用毛笔题写的刊名以及专门为《东方翻译》写的题词寄来了。季老的题词是："文化交流是促进人类社会进步和发展主动力之一，而翻译又在文化交流中起着不可替代的作用。"

魂兮归来
——纪念著名翻译家傅雷弃世五十周年[1]

2016年8月31日,我在《东方早报》上突然读到陈丹燕纪念傅雷逝世五十周年的文章,心头猛地一震。啊,时间过得真快!1966年9月2日深夜,著名翻译家傅雷因不堪红卫兵的凌辱,毅然选择与妻子朱梅馥一起,弃世而去。自那时至今,不知不觉竟然已经过去整整五十年了。半个世纪啊!本以为时间可以冲淡人们的记忆,治愈人们心头的伤痛,然而,傅雷之死——一位坚守知识分子独立人格的文化人的傲然弃世,岂是时间这抔流沙所能轻易掩盖得了的?傅雷之死——一位百年难求的杰出翻译家的撒手人寰,给中国文学翻译界所带来的巨大损失和伤痛(他弃世时还不到六十岁),又岂是时间这帖简单的药方所能医治得了的?

陈丹燕文章中提到,她和她的摄影师一起去寻访傅雷生前居住的安定坊时,听说了一些"奇怪的事":"在下雨天的黄昏或者傍晚,她的朋友,不只一个,都在底楼客堂前的落地钢窗前,见到过一个老年人,有时是一对老夫妇对坐在椅子上。只要一开灯,他

---

[1] 余生也晚,无缘于傅雷先生生前亲受其教诲,但我奉傅雷先生为我的精神导师,故把这篇纪念傅雷弃世五十周年的文章也收入"师友杂忆"之中。

们就不见了。最后,连从无锡雇来的司机都看见了。她的朋友们私下里都在传说,这里就是傅雷夫妇自尽的地方,他们冤魂未散。"这些"奇怪的事"在唯物论者看来也许会觉得"荒诞不经",然而我却觉得可信,因为它们正好反映了人们对傅雷的怀念与追思。十余年前,我曾应北京大学乐黛云教授之约,为她主编的一套"跨文化沟通个案研究丛书"写一本以翻译家为个案的书,我与当时在复旦大学从我攻读比较文学博士学位的李小均合作,由李小均执笔,完成了《傅雷:那远逝的雷火灵魂》[1]。然而,在傅雷弃世五十年后的今天,我们是多么希望傅雷的灵魂不要"远逝",希望这伟大的灵魂继续和我们在一起,以"傅雷之死"教诲我们深刻思考如何坚守知识分子的独立人格,启示我们毋忘翻译家的神圣职责和崇高使命。

一

傅雷忌日五十周年前后,国内不少媒体都推出了纪念性的文章,但多数媒体的文章似乎都集中在《傅雷家书》的内容及其影响展开,这也许跟多数文章的作者都比较年轻、没有经历过"文化大革命"(实为"大革文化命")的腥风血雨有关吧。对当下许多文章的作者,乃至广大青年读者来说,傅雷的名字给他们的第一印象是他是《傅雷家书》的作者;年纪稍长一些的作者或读者也许会知

---

[1] 谢天振、李小均:《傅雷:那远逝的雷火灵魂》,北京出版社出版集团、文津出版社,2005年。

道他是罗曼·罗兰、巴尔扎克诸多作品的翻译家，其余的也就所知寥寥了。倒是前不久香港凤凰卫视的《锵锵三人行》节目中，有一位脱口秀嘉宾把傅雷之死与作家老舍之死做了比较，说"老舍之死"是"含冤去死"，而傅雷之死，那是"死给你看！"我觉得这句话说得好，它触及傅雷之死的实质，因为这句话内含的正是对死亡的主动选择和对现世的强烈抗议。这也就是为什么本文标题中，我不用"去世""逝世"之类的常用语，而特别选用"弃世"一词："弃世"寓含着死者生前主动选择的意思，而"去世""逝世"则是表示死者客观生理意义上生命的结束。

其实傅雷生前早已多次透露出他准备一死的想法。1958年被打成右派分子后，他回到家里的第一句话就是，"如果不是阿敏还太小，还在念书，今天我就……"1966年，"文革"伊始，他预感到自己在劫难逃，对来家探望他的友人说："我是不准备再活的。"[1] 同年6月，他更是在家书中明确表示感到"为日无多""身心交瘁"。[2] 这也就解释了为什么傅雷在死前的最后时刻能保持如此清醒、冷静、安详和周到的心态，他的遗书交代了一系列的家庭琐事、杂事，甚至还有一些钱财金额数字，竟无一字涂改。面对死亡，可以如此的超然、冷峻，恐怕只有人类历史上为数不多的杰出心灵才能做到，因为他们坚信自己是无辜的。这不禁让我想起了苏

---

[1] 金圣华编：《傅雷与他的世界》，生活·读书·新知三联书店，1996年，第101页。
[2] 傅雷：《傅雷文集·书信卷》，安徽文艺出版社，1998年，第643、646页。

格拉底之死,"这个同样是饮鸩而死的雅典人也至死都相信自己的无辜,而恰好是这'无辜',鼓舞了他赴死的勇气。他知道,是民主的法律程序判处他死刑的,他不能为了苟活而破坏了民主的程序和民主的庄严。但他同时也要用死去证明,真理的真正内涵并不是多数人都赞同的话语,而民主决策的结果也可能产生不良后果。正是凭着这种信念,他才在临死之前那样镇定。因为死,于他而言,只是永恒的生的开始"[1]。傅雷之死与苏格拉底之死可谓异曲同工:飘然而去,安静,却又高贵。

从某种意义层面上我们也许可以说,《傅雷家书》的广泛传播盖过了傅雷翻译家的名声,而傅雷文学翻译的杰出成就又遮蔽了这位集中西文化品格于一身的特立独行的知识分子的崇高形象。

萨义德曾经给出过一个有关知识分子的定义:"知识分子既不是调解者,也不是建立共识者,而是这样一个人:他或她全身投注于批评意识,不愿接受简单的处方、现成的陈腔滥调,或迎合讨好、与人方便地肯定权势者或传统者的说法或作法。"[2]也即是说,知识分子应该抱着"不对任何人负责任的坚定独立的灵魂","对权势说真话"。他们"不是公务员或雇员,不应该完全听命于政府、集团,甚或志同道合的专业人士所组成的行会"。[3] 傅雷正是这样一个"独立的灵魂"。1949年12月,时任清华大学校长的吴晗曾

---

1 谢天振、李小均:《傅雷:那远逝的雷火灵魂》,文津出版社,2005年,第49页。
2 萨义德:《知识分子论》,单德兴译,生活·读书·新知三联书店,2002年,第25页。
3 萨义德:《知识分子论》,第63、75页。

通过钱锺书夫妇邀请他留在北京，到清华大学执教法语，但被他婉拒。他嘴上说是只想教美术史，实际上是不愿依附任何单位，宁可靠自己做文学翻译的稿费养活自己，也要做一个独立的人。在解放后的中国文化界，傅雷与巴金一样，成为不要国家养活的人。

还有一件事也可让人一窥傅雷特立独行的人格。傅雷虽然是中国民主促进会的实际发起人之一，但自"民进"成立之日起，他一直与之没有什么联系。1956年下半年，"民进"准备召开全国大会，有人提名傅雷为中央委员候选人。获悉此消息后，傅雷立即致电推辞，还专门致函"民进"主要领导人马叙伦等三人，恳请代为说情。可见他并不是故作姿态，而是发自内心的决定。

傅雷是西方文学形象的译介者和传递者，然而细究其思想的渊薮，不难发现他受到中国儒道传统的浸淫。在为人处世上，他既是儒家思想的信奉者，又是儒家思想的践行者。事实上，傅雷自己曾在给傅聪的一封信中坦承，"我始终是中国儒家的门徒"[1]。作为儒家门徒，傅雷时常挂在嘴上的话是孟老夫子的"富贵不能淫，贫贱不能移，威武不能屈"。这些话傅雷可不是仅仅挂在嘴上。1958年4月，傅雷被打成"右派"，突然之间，他"魂梦不安，常常说梦话"，"似乎衰老了许多，白发更多了"，只有远在波兰的儿子的来信才是他"唯一的安慰"。[2] 此时，他只能在他奉为神圣的翻译

---

[1] 傅雷：《傅雷文集·书信卷》，第374页。
[2] 同上，第452页。

事业中排遣苦闷，寻求精神支撑。从1958年到1966年的"文革"前夕，他翻译了泰纳的《艺术哲学》，巴尔扎克的《赛查·皮罗多盛衰记》《搅水女人》《都尔的本堂神甫》《比哀兰德》《幻灭》，还重新修订了旧译《高老头》。可是，当傅雷把他的译作交给出版社时，出版社方面却对他说，出版可以，但鉴于他的"右派"身份，建议他用笔名。面对这样的"建议"，除了稿费没有任何其他经济来源的傅雷断然拒绝："要么署名傅雷，要么不刊印！"于是，在戴着"右派分子"帽子的整整三年多时间里，傅雷没有出过一本书，仅靠着"预支稿费"艰难地维持一家的生计。傅雷以其具体的行动践行了儒家"富贵不能淫，贫贱不能移"的信念，而在其生命最后时刻的淡然"弃世"，不也正是对"威武不能屈"一语的最好诠释么？

婉拒清华大学的教授聘请，坚辞"民进"中央委员的"高官"提名，傅雷的这些行为在一般人眼中不啻是"不谙世事"，甚至不识抬举。然而，傅雷正是以这些"不谙世事"、不识抬举的行为保持和突显了他作为一名具有独立人格的知识分子的本性。20世纪50年代初，是中国知识分子使命感特别强的时代。然而，在经历了"反右"等历次政治运动以后，中国的知识分子群体出现了分化，一批人被迫保持了沉默，而另一批人则选择了背叛，卖友求荣，攀附权贵，完全背弃了知识分子的独立人格。有人也许会说，今天我们在回顾那段历史的时候应该怀有"了解的同情"，"要历史地看问题"，此话诚然不错。但是我们是否就可以因此毫无立场地回顾历史，面对错误的历史事件、人物及其行为，没有是与非的判断？不错，我们不能脱离历史语境，以今天的是非标准和认识高度去苛求前人，但这并不意味着我们就可以抹杀曾经的错误，就可以为那些在特定历史语境下出卖过良心、对其同类落井下石的知识分子开脱，无论以何种借口。这样做是对傅雷这样坚守知识分子原则立场的人的不公乃至侮辱。这样做，历史就有可能重演。五十年后的今天，我们追思、纪念傅雷之死，与其说是对当年那些像傅雷一样坚守住独立精神立场的知识分子的颂扬，不如说是对那些背叛了知识分子使命之人的谴责与鞭挞。同时，这也是对当下知识分子的一种警示。真正的知识分子是民族、国家的良知，无论何时何地都不应该忘记自己的社会责任和历史重任，更不能丢弃了自己的独立人格。只有这样，先知者的鲜血才不会白流，先知者的灵魂才不至于在暗夜中孤寂地徘徊。

这，才是五十年后的今天我们纪念傅雷之死的意义之所在吧。

二

时至今日，确切地说，早在20世纪40年代，傅雷作为一代翻译大家的地位就已经确立。然而，在对傅雷的生平事迹做了一番梳理之后，我们似乎发现，傅雷走上文学翻译的道路，乃至后来终生以文学翻译为业，恐怕并非出自他的初心。以傅雷的才情、学养和学术造诣，再加上合适的机会，他也许更倾向于选择走美术史家的道路，做一名艺术哲学家。那样的话，中国就很可能会失去一位翻译大家，多一位杰出的艺术哲学家。这一特殊的背景对我们认识翻译家傅雷非常重要，因为这是使得傅雷区别于许多其他翻译家的深层原因。翻译家傅雷首先是一名知识分子，而且是一名（如上所述）怀有儒家"达则兼济天下，穷则独善其身"理想的知识分子。在他无缘庙堂、未能直面公众一吐心中抱负时，他选择了翻译。他把翻译作为一种特殊的武器和手段，抒发他的人生理想和追求，倾吐他对家国遭遇战乱的忧伤和对民族命运的关切，传递振奋民族精神的希望和能量。

因此，青年傅雷初登译坛，就把罗曼·罗兰的"巨人三传"之一的《贝多芬传》作为自己正式翻译的第一本书，也绝非偶然。正如傅雷在1934年写给罗曼·罗兰的信中所言，经历过少年时的苦闷、留法后青春期的迷惘与彷徨的自己，有一天偶然读到罗曼·罗兰的《贝多芬传》，"如受神光烛照，顿获新生"，自此振奋。之后他又读到了"巨人三传"中另两本《米开朗琪罗传》和《托尔斯泰传》，同样"受益良多"。由此发愤翻译"巨人三传"，期望对同样处于苦恼中的青年朋友们有所裨益。[1]

《贝多芬传》因故未能于译成后的1932年出版，而直到1946年才由上海骆驼书店正式出版。1942年，傅雷在为即将出版的《贝多芬传》撰写的译者序中进一步阐明了他当初翻译"巨人三传"的缘由以及他精神上的追求。他说，因为疗治他青年时期"世纪病"的

---

1 傅雷：《傅雷文集·书信卷》，第3—4页。

是贝多芬,扶植他在人生中的"战斗意志"的是贝多芬,在他心智成长中最大影响的也是贝多芬,多少次的跌倒经由贝多芬扶起,多少次的创伤是由贝多芬抚平。另外,贝多芬还把他引领进了音乐的大门,所有这一切的恩泽,他都希望转赠给更为年轻的一代。他要他们明白,"唯有真实的苦难,才能驱除浪漫底克的幻想的苦难;唯有看到克服苦难的壮烈的悲剧,才能帮助我们担受残酷的命运;唯有抱着'我不入地狱谁入地狱'的精神,才能挽救一个萎靡而自私的民族"。傅雷说,贝多芬给他的启示是,"不经过战斗的舍弃是虚伪的,不经劫难磨炼的超脱是轻佻的,逃避现实的明哲是卑怯的;中庸,苟且,小智小慧,是我们的致命伤"。所以在"现在阴霾遮蔽了整个天空,我们比任何时都更需要精神的支持,比任何时都更需要坚忍、奋斗、敢于向神明挑战的大勇主义"。[1] 由此可见,傅雷翻译时并不是随意地选取某一本书翻译,而是因为感受到了原著巨大的精神魅力,想把它与自己国家的年轻人,与自己的同胞分享,才振笔而译。

此后,傅雷继续秉承着这样的翻译宗旨:通过翻译为国人、为读者传递正能量。1935年他翻译出版莫罗阿的《人生五大问题》,就是试图通过翻译这一特殊武器,弥合当时国家已经"破碎的道德图谱"。在译者序中他明确写道:"丁此风云变幻,举国惶惶之秋,若本书能使颓丧之士萌蘖若干希望,能为战斗英雄添加些少勇

---

[1] 傅雷:《傅雷文集·文学卷》,第265—266页。

气,则译者所费之心力,岂止贩卖智识而已哉?"[1] 基于同样目的,他于下一年接着翻译了莫罗阿的另一部作品《伏尔泰传》。在翻译时他故意把书名翻译成《服尔德传》,表示他对伏尔泰道德的佩服,并希冀借助启蒙主义思想家伏尔泰的思想来重建中国的道德理想国。

傅雷的这一翻译宗旨与追求在他于1936年至1941年间翻译罗曼·罗兰的长河小说《约翰·克利斯朵夫》时达到了顶峰。

傅雷翻译的《约翰·克利斯朵夫》第一卷出版于1937年。那年全面抗日战争已正式打响,然而战场上的形势于中国非常不利:日寇长驱直入,上海、南京、武汉、广州等重镇相继失守,中华大地半壁江山被敌人所占。沦陷区内更是人心惶惶,悲观失望情绪弥漫。面对如此逆境,傅雷思考的是人在这样的环境下如何才能战胜自我、战胜敌人。显然,他在《约翰·克利斯朵夫》身上看到了所需要的力量,它"不止是一部小说,而是人类一部伟大的史诗。它所描绘歌咏的不是人类在物质方面而是在精神方面所经历的艰险,不是征服外界而是征服内界的战迹。它是千万生灵的一面镜子,是古今中外英雄圣哲的一部历险记,是贝多芬式的一阕大交响乐"。傅雷希望读者能在读了这本书后燃起希望,"在绝望中再生"。[2]

《约翰·克利斯朵夫》的第二至第四卷出版于1941年。其时,抗

---

[1] 傅雷:《傅雷文集·文学卷》,第250页。
[2] 傅雷:《傅雷文集·书信卷》,第254页。

日战争进入了最艰难的相持阶段。在那风雨如晦、前途渺茫的灰暗日子里，傅雷翻译的《约翰·克利斯朵夫》让读者迸发出了激情，燃起了生的希望，增添了精神力量。傅雷以翻译为武器，投入到了全民族的抗日战争中。

当代翻译理论家勒菲弗尔（André Lefevere）在其《翻译、重写和文学名声的操纵》一书的序言中强调说："翻译当然是对原文的重写。所有的重写，不论其动机如何，均反映出某种观念和诗学，并以此操纵文学在特定的社会里以特定的方式发挥作用。"[1] 傅雷以其出色的翻译在国家特定的历史时期发挥了作用。由此我们看到了，在傅雷翻译家身份背后的崇高知识分子形象——始终与国家和民族共呼吸、同命运。可以说，1949年以前傅雷的翻译总是紧扣着时代的脉搏，为民族道德寻找楷模与寄托，为读者个人吁求奋进的力量，为国家谋求出路，为文明寻觅归属。

2008年，在南京大学举办的纪念傅雷诞辰一百周年国际学术研讨会上我曾坦言，"傅雷的译作在我的学术生涯中也扮演着极其重要的作用"。我说："我的译介学研究，从理论层面上讲，是比较文学的学科理论赋予了我开阔的学术视野和别开蹊径的学术视角，而从实践层面上讲，那就是傅雷以及其他许多像傅雷一样的优秀的翻译家以及他们的译作，使我具体、生动、形象地感受到翻译文学

---

[1] Andre Lefevere, *Translation, Rewriting, and the Manipulation lf Literary Fame*, London: Routledge, 1992, p. VII.

作为一个相对独立的文学实体的存在，使我具体、深刻、真切地认识到译者的价值与意义。"[1]

1949年以后，特别是1958年被打成"右派分子"以后，傅雷将翻译对象几乎全部锁定在巴尔扎克的作品上。傅雷翻译巴尔扎克的作品，一半出于他个人的兴趣，另一半则多少出于20世纪五六十年代中国特殊的文化语境和他个人背负的政治压力。说是其个人兴趣，因为傅雷翻译巴尔扎克并非1949年后才开始，之前他就已经翻译出版过《高老头》《亚尔培·萨伐龙》《欧也妮·葛朗台》等三本书。而且他还明确表示，对其他几个法国作家，像莫泊桑、司汤达，觉得"不对劲"，"似乎没有多大的缘分"。而巴尔扎克"气势磅礴，但又细致入微的作品"，正如有关研究者所指出的，正好适合傅雷的译笔。说是受环境影响，是由于巴尔扎克得到了无产阶级革命导师马克思、恩格斯的肯定，所以即使在20世纪五六十年代的极左文艺路线统治下，其作品的翻译还是能顺利通过有关部门的审查而得到公开出版的。不管出于何种原因，值得庆幸的是，我们中国翻译界留下了一份丰厚的文化遗产——十五本傅译巴尔扎克作品。有专家指出，傅雷翻译巴尔扎克，堪称"珠联璧合"，"原作与译作相映生辉"，共同成就了"翻译史上难得一见的佳话"，[2] 也让我们无比生动具体地体验到了崇高精湛的文学翻译技艺。

---

1 谢天振：《傅雷打破译界的三个神话——为纪念傅雷诞辰一百周年而作》，《社会科学报》2008年7月3日。
2 金圣华编：《傅雷与他的世界》，第264—275页。

这十五本傅译巴尔扎克连同傅雷翻译的其他作品一起,让我们直接感受到了一位职业翻译家高度负责的职业精神。以傅雷翻译《幻灭》为例,光准备工作他就"足足花了一年半"。而这部总共五十万字的作品,前前后后共花去了他整整三年半的时间。傅雷翻译态度的认真负责由此可见一斑。

我曾说傅雷打破了翻译界的三个"神话"[1]。这三个"神话"称:一、译者永远只能是原作者的影子;二、在文学翻译中,译者不应该有自己的风格;三、译作总是短命的,它的寿命一般只有二十至三十年,最多也就五十年。然而,傅雷凭借其精湛高超的译笔和独特的翻译风格,没有简单地成为原作者背后的影子,相反,倒成了广大中国读者进入罗曼·罗兰、巴尔扎克所营造的文学世界的"带路人"——不少读者是因了傅雷才爱上了罗曼·罗兰,爱上了巴尔扎克的。而当罗曼·罗兰和巴尔扎克的作品在法国本土逐渐少有读者问津时,傅译罗曼·罗兰和巴尔扎克在中国却仍然拥有着广大的读者,成为国际翻译界的一个奇迹。

我在纪念傅雷诞辰一百周年的国际学术研讨会上还说过一句话:"周氏兄弟、钱锺书那代人读林纾,读严复;我们这代人读傅雷,读朱生豪;我们的下一代人读谁?"意在呼吁我们当前国内翻译界继承和发扬我们前辈的优良传统,"一名之立,旬月踟蹰","任何作品,不精读四五遍,决不动笔",为中国的文化事业奉献

---

[1] 谢天振:《傅雷打破译界的三个神话——为纪念傅雷诞辰一百周年而作》。

出真正优秀的译品。我也是在期待，期待新一代文学翻译的领军人物的诞生，期待新一代文学翻译家偶像的出现。

魂兮归来，傅雷，你远逝的雷火灵魂！

他不知道自己是……
——怀念方平先生

自方平先生于2008年9月29日下午5点50分在徐汇医院去世以来,马上就要满七年了。在这七年里,我时常会想起这位可敬可爱的老人,也一直想写点文字纪念他,一是寄托我对老人的思念,二是让人们可以了解方先生身上一些鲜为人知的方面。我一直认为,作为一位著名的文学翻译家,方平先生在文学翻译实践领域的卓越成就早就为海内外的广大读者所熟知,无须我在此赘言。然而,他在翻译研究领域,在比较文学、外国文学的性别研究等领域的成就,以及他的为人,知之者恐怕就不是很多了。我甚至觉得,依着方先生一贯的低调和谦虚,他自己生前对自身的认识与定位,恐怕也更多地局限于文学翻译实践领域。方先生曾写过一篇赏析性的文章,题目是《他不知道自己是一个诗人》,后来他还把这个题目用作他自己的一本文集的书名,[1] 可见他对这个题目不无偏爱。而在我看来,如果把这个题目套用于方先生本人,似乎也挺贴切,甚至还可以把这个题目进一步拓展:他不知道自己是一个诗人,他不知道

---

[1] 方平:《他不知道自己是一个诗人》,湖北教育出版社,2002年。此书为许钧、唐瑾主编的"巴别塔文丛"之一种。

自己是一个译学专家，他不知道自己是一个比较文学专家，他不知道自己是一个外国文学研究专家，他不知道自己是……然而这些年来，因忙于杂事，我一直未能把我的想法付诸行动，每念及此，总感觉愧对九泉之下的方平先生。

我很早就知道方平先生的大名。20世纪70年代末80年代初我在上海外国语学院（现上海外国语大学）读硕士研究生时，就已经读到了方先生翻译的《莎士比亚喜剧五种》《十日谈》，勃朗宁夫人的《爱情十四行诗集》和方先生自己撰写的莎剧研究文集《和莎士比亚交个朋友吧》等译作和著述，对他非常敬仰。不过我与方先生的直接接触是1985年才开始的。那一年3月，上海比较文学研究会成立，方先生是研究会的理事，我是研究会的秘书长；同年9月，香港中文大学举办国际比较文学学术研讨会，上海出席会议的就是贾植芳先生、方先生和我三人。在出席了香港的学术会议，返回上海之前，我们还应邀在广东外语学院（现广东外语外贸大学）一起小住了几天。就这样，回沪后我们开始有了较多的交往。

方平先生给人的第一印象是为人极其谦和。即使对我这样属于他的小辈、晚辈的年轻人，他也总是客气地称呼我为"谢先生"。甚至当他要表达与我不同的意见时，语气也总是那么的委婉，用的完全是一种商榷性的口吻，从不居高临下，更不会盛气凌人。记得有一次我与方先生一起开会，会上我说到，"有时候，优秀翻译作品的市场反而没有劣质译作的大"。他听后显然感到无法接受我这个观点，便说："谢先生，怎么可能是这样呢？"我于是跟他解释说:"譬如有一部很有名的外国文学作品需要翻译,出版社找到了您,您接下这个任务后就开始非常认真地进行翻译,字斟句酌,为一名之立而旬月踟蹰。甚至在已经完稿后您都仍然迟迟不肯交稿,还在继续修改完善自己的译作。而与此同时,另外一家出版社找到了我,也让我翻译这同一部原作。然而我是一个不负责任的译者,我接下这个任务后马上找了我的几个学生,把原作拆散分给他们,并让他们尽快把各自负责的部分翻译出来交给我。我在收到他们的译稿后,粗粗地统了一下稿,就交给出版社了。这样,我翻译的那本译作不到半年就出版了。由于原作的巨大声誉,我的译作卖得还很红火,一下就卖掉了十万册,甚至更多。而您精心打磨的译作在一两年甚至更长时间后才终于出版。由于我的那本劣质译作抢先占据了市场,所以待您的佳译问世时,对那部原作有兴趣的读者因为已经购买了我的译本,绝大多数人是不会再买同一原作的第二本译文的,这样您这部译作出版社就很可能只能印个两三千册,进入书店后销路也很一般。您觉得事情是不是这样?"他听了我的话后,一阵默然,神色凝重,我知道他肯定是在为优秀译作的这种命运感到心痛,赶紧安慰他说:"这当然是翻译市场的一种我们不愿意看到的,但又客观存在的现象。要改变这种现象,那我们就需要加强翻译批评,让劣质翻译作品无处藏身,没有市场。"听了我这番话后,方先生的脸色才稍稍缓和下来。

20世纪90年代,我正在写我的第一本译学专著《译介学》,把其中的一些观点先行整理成文单独在杂志或学报上发表。方先生对我的这些论文非常关注,每读到一篇文章后就会给我打来电话,而且情绪非常兴奋,一谈就是半个多小时,因为他极其真切且敏锐地感觉到我的译介学论文都是在为提高翻译、翻译文学和翻译文学家的地位而发声。但有一天晚上他打来电话,电话中传来的声音似乎有些凝重。他说:"谢先生,我刚刚拜读了你的大作《论文学翻译中的创造性叛逆》。但我对你的'创造性叛逆'的说法有些想不通,你非要提'叛逆'吗?那不是把翻译家比喻成'叛臣逆子'了吗?那还谈什么翻译家的地位呢?"我回答说:"方先生,我说的'创造性叛逆'那是一个中性词,没有褒贬的意思。其实这个词我也是根据英文原文翻译过来的。""那英文原文是什么?"我说:"是creative treason。"他听后"哦"了一声,大概是觉得这样翻译也确实无可非议,所以也不再说什么话。我于是再解释了一句:"当然,也可以翻译成'创造性背离'。不过既然学界已经通行用'创造性叛逆',那我也就沿用这通用的译法了。"他听后没有再说什么,就把电话挂了。我以为他仍然对我的说法持保留意见,只是不便反驳而已,因为当时国内翻译界有不少老翻译家对"翻译总是一种创造性叛逆"的说法不大能够理解和接受,甚至持保留乃至反对的立场。然而令我惊讶的是,之后方先生在为拙著《译介学》写序时却专门提到这个术语,还以相当大的篇幅予以肯定。他说:"'创造性叛逆'是'译介学'所引进的一个命题,作者用专章讨论,为我们开拓了一个全新的概念。……作者从中外翻译作品中举引了大量有关的例证,最后的结论是有说服力的:文学翻译的创造性叛逆的意义是巨大的，正是由于它，'才使得一部又一部的文学杰作得到了跨越地理、超越时空的传播和接受'。"他甚至还专门提醒说："今后我们在文学翻译本身的范畴内探讨翻译艺术，仍然要谈到'信'和'忠实'，对于我们翻译工作者，这可是一个带有神圣性的永恒的主题，但是看来有必要作深入一步的考虑了。"[1] 方先生乐于和善于接受新理论、新观点的若谷胸怀，由此可见一斑。

其实，乐于和善于接受新理论、新观点，正是方平先生一贯的学术品格。这个品格折射出方先生开阔的学术视野和博大的文化胸怀。在我看来，这也是方先生在作为一名杰出的文学翻译家的同时，还能成为一名杰出的比较文学家和外国文学研究家的原因所在。20世纪70年代末80年代初，比较文学在中国重新崛起，方先生以其敏锐的学术嗅觉立即察觉到这一新兴学科的价值与意义，并为之深深吸引。凭借深厚的中外文化学养和中外文学积淀，方先生在进入80年代后的短短三四年间，就在全国各地的杂志上发表了二十余篇比较文学论文。1987年底的某一天，我已经不记得具体是在什么场合，他从包里拿出一本名为《三个从家庭出走的妇女——比较文学论文集》[2]（以下简称《三个妇女》）的书送给我，在该书的扉页上他事先已经写好了"天振同志指正"的题款。那一笔一画极其端正的字迹让我受宠若惊，感觉担当不起。这本书正是前几年他

---

1 方平：《序二》，载谢天振：《译介学》，上海外语教育出版社，1999年，第5页。
2 方平：《三个从家庭出走的妇女——比较文学论文集》，外国文学出版社，1987年。

发表的一系列研究比较文学的论文的结集。尽管收在这本集子里的大多数文章我已经在《文学评论》《外国文学研究》等杂志上读到过,但在收到方先生赠书的当晚我仍然抑制不住地被书中的文章深深吸引,一口气读完了全书。这一方面是由于方平先生明白晓畅、优美生动的文笔,但更重要的,是每篇文章所蕴含的深邃的思想。譬如他把《红楼梦》中的王熙凤和莎士比亚笔下的福斯泰夫这两个看上去完全不搭界的人物放在一起进行考察审视,引出了一个关于"美"的个性的深刻思考;把蒲松龄的《促织》与奥地利作家卡夫卡笔下的《变形记》放在一起,引出了一个关于《促织》的新思考:在不合理的社会制度下,人的"异化"的悲剧。

然而读完《三个妇女》后,我感受到的最大震撼还在于方平先生对于比较文学学科方法论的理解与思考。在我的印象中,长期从事文学翻译实践的翻译家和对中外文本比较熟悉的文学研究者,他们对文学的思考大多会比较偏重文学文本和作品的人物、情节等具体内容,而较少关注文学研究的方法论,更遑论对于比较文学这样一个新兴学科的方法论的关注。但方平先生的这本《三个妇女》从头到尾贯穿着他对比较文学学科方法论的关注,里面既有对影响研究的思考,也有对平行研究的分析。而且,更有意义、更具特色的是,方先生对如此纯粹的学术问题的阐释,用的不是枯燥乏味、干巴巴的语言,而是用他一贯风趣平易的语言,娓娓道来。譬如他谈"影响研究":"在我心目中,比较文学是'关系文学'——这是从好的意义上去理解'关系'这个词。这是万里寻亲记,攀新亲眷，建立新关系，真像古人所说的，是'乐莫乐兮新相知'。'影响研究'所取得的每一个值得注意的成果都帮助我们进一步体会到，每一个民族的文化建树，都是为人类共同的精神财富作出自己的一份贡献，都让我们产生一种'海内存知己，天涯若比邻'的亲切感——因为我们看到了各民族间的文化交流有多么源远流长。"[1] 而在谈"平行研究"时，他竟然化身成了一名化学老师，把平行研究归结成一个方程式"A：B→C"，并强调指出，我们不能"满足于A：B＝A＋B"，因为比较不是自身存在的理由，而是一种有效的手段，为的是通过比较，促使产生新的化合，新的反应C。C也许只是比较简单的无机化学反应；当然，更可喜的是那复杂的、高分子的有机化学反应。C代表了比较文学研究所取得的不同层次的深度。它是一种进行创造性的分析、演绎、归纳后所取得的成果。它为不同文化背景的民族文学描绘出一条运动着的规律，或者对某一种文艺现象进行新的探讨，提出新的论断，或者对于被比较的作品、作家重新认识，甚至只是提出一个有启发性的问题。C才是"平行研究"所追求的目标。唯有C才证明了"平行研究"自身的存在价值。[2] 这些话真称得上既形象生动，又趣味盎然。自20世纪七八十年代比较文学在中国重新崛起以来，国内学界从平行研究入手的比较文学研究文章发表了很多，但大多流于"X＋Y"式的比附，把两

---

[1] 方平：《三个从家庭出走的妇女——比较文学论文集》，第87页。
[2] 同上，第363页。

个表面相似的作家、作品、人物、主题等拉在一起进行所谓比较研究，惊叹于两者的"何其相似乃尔"，却未能揭示出其内在的可比性。从这个意义上而言，方平先生的比较文学研究论文，至今仍不失为国内平行研究领域的典范之作。

作为一名文学翻译家，方平先生在外国文学研究领域所取得的成就与专治外国文学研究的专家学者相比却也毫不逊色。尤其令人赞赏和佩服的是，作为一名男性翻译家和研究者，他的外国文学研究却透露出强烈鲜明的女权意识。这种意识，在我与他交往时倒是从未听他提起，大概是因为他觉得我是从事比较文学和翻译研究的，这些问题我不一定会感兴趣吧。但从他于20世纪80年代送我的《三个妇女》，到20世纪90年代末送我的论文集《谦逊的真理》，再到进入新千年后送我的《呼啸山庄》新译本，我感觉到他的这种意识在他的数十篇外国文学研究论文中一以贯之，几十年始终不渝。[1]

其实，早在《三个妇女》之前，在为他翻译的《十日谈》所写的译序《幸福在人间》中，已经体现出了这种鲜明的女权主义立场。而在论文集《三个妇女》中，体现这种立场的文章更俯拾皆是。在《三个从家庭出走的妇女》一文中，方先生明显将同情心给予了那三个"生气蓬勃，感情丰富得快要溢出来似的"的妇女——

---

[1] 方平先生还送过我一本他的论文集《为什么顶楼上藏着一个疯女人》，更加鲜明地体现了他的文学研究的女权意识。但该书被我从前的一个学生借走了，一直没有还我。我在上外图书馆里也没借到，只好暂付阙如。

《十日谈》"海盗与丈夫"篇中的女主人公和《安娜·卡列尼娜》《玩偶之家》两部名著的女主人公,肯定三人"在那个使人窒息的环境里,追求更鲜明地体现自己人格的个性解放"[1]。而在"可喜的新眼光"一文中,方先生在比较了伏尔泰的哲理小说《查第格》中第二章"鼻子"与冯梦龙编选的《警世通言》中第二回"庄子休鼓盆成大道"两个故事后指出,"在妇女再嫁的问题上,'鼓盆'暴露了浓重的封建主义思想。扇坟的寡妇,劈棺的田氏,都是被耻笑、讽刺的对象。作者分明是一个女性憎恶者,从他的眼里看去,天下的女人全都是水性杨花,假情假意"。他进一步分析说,在"鼓盆"故事中的三个人物,即寡妇、田氏和庄子中,"最卑鄙恶劣的就是这个道貌岸然的伪君子",也即庄子。与此同时,他比较肯定伏尔泰的小说,因为"妇女再嫁,在查第格的眼里,并不是什么伤风败俗、可恨可恶之事(后来他反对过节妇殉夫的陋习);主人公最后得到他所追求的幸福:和一位温柔美丽的寡妇(巴比伦王后)结了婚"[2]。

毫无疑问,在方平先生所取得的诸多成就中,最令人瞩目的当推他精湛的翻译艺术和一系列关于文学翻译的真知灼见。读方先生的译作,文字是那么的自然流畅,内容又是那么的明白显豁,没有丝毫的佶屈聱牙,感觉真像是原作者自己用中文写的了。国内翻译

---

1 方平:《三个从家庭出走的妇女——比较文学论文集》,第80页。
2 同上,第354页。

界多把钱锺书先生所说的"化境"视作对译作的最高评价,我觉得方先生的译作完全当得起这样的评价,即"不因语言习惯的差异而露出生硬牵强的痕迹,又能完全保存原有的风味,那就算入得'化境'"[1]。

不过,对方平先生的翻译艺术成就的探讨可不是本文这样一篇小文所能承担的,要花大功夫,细细对照原文和译文,悉心揣摩,深入领会,才有可能悟得其中真谛。我在这里只想重点谈一下方先生的翻译思想。在我看来,当前国内外翻译研究和翻译理论的最新发展,正好可以映衬出,乃至更彰显出方先生翻译思想在国内翻译界的超前意识和理论价值。从某种层面上而言,我们甚至可以说,方先生的翻译思想与国际译学理论的最新发展是同步的。

当代国际译学研究中的一个非常重要的思想就是让"译者登场",即让译者及其译作从原作者和原作的背后走出来,让读者看到在跨越语言和国界的跨文化交际中,译者是一个相对独立的主体,而译作发挥着原作无法起到的作用。方先生早已在1993年发表于《中国翻译》的《文学翻译在艺术王国里的地位》一文中明确指出:"忠实而又传神的译文有时甚至比原文更容易激发本国读者的审美感受。这从接受美学的角度来看,是可以得到合乎情理的解释的。"他说:"读者的接受原著,也许停留于感受这一层面上就满

---

[1] 钱锺书:《林纾的翻译》,载罗新璋、陈应年编《翻译论集(修订本)》,商务印书馆,2009年,第774页。

足了；而一位严肃的译者接受原著，必须通过感受而深入到作品的思想意蕴，努力以他独到的体会和理解进而给予有表现力的阐释。这样的译品对于读者接受原著（即使直接阅读原文吧）是会有帮助的。"他还具体援引卞之琳先生译的《哈姆雷特》第二幕开头十六行译文为例："至亲的先兄哈姆雷特驾崩未久，/记忆犹新，大家固然是应当/哀戚于心，应该让全国上下/愁眉不展，共结成一片哀容，/……"认为这一段登基演说词，译文"惟妙惟肖地再现了篡位者那种冠冕堂皇、老练圆滑，而内心却惴惴不安的神态，使人如闻其声、如见其人"。不仅如此，方先生还进一步指出，通过译文，我们"才读出了更多的人情世态"，读出了更多的"韵味"，读出了"弦外之音"，而这一切都是"译文进入情景、进入角色的理解，和曲尽其妙的发挥（也就是译文的阐释）给予原文的"。[1] 这里，方平先生对一部优秀译作独特的，即便原作也无法取代的艺术价值的高度肯定，跃然纸上。

这让我想起了1998年初夏的一天上午，他约我在淮海路百盛商厦的楼上见面。那里是一个美食广场，不过因为离中午吃饭的时间还早，所以还比较安静。当时方先生正好审阅完了拙著《译介学》的打印稿，作为审阅专家他约我见面以便当面交换意见。按理说方先生作为审阅专家，只要对所审稿件从宏观上提些意见就可以了，

---

[1] 方平：《文学翻译在艺术王国里的地位》，载《中国翻译》1993年第1期，另收入方平：《他不知道自己是一个诗人》，湖北教育出版社，2002年。

或肯定，或否定，或提出修改意见，等等。但我看到我的打印稿有多处地方都有方先生的红笔记号，标出的是我稿件上的打印错误，甚至还有知识性错误。他对拙著的第五章的标题"翻译文学——争取承认的文学"特别欣赏，言谈之间甚至希望我就用这个标题作书名，而不要用"译介学"这样学术气书卷气比较重的书名。他说："这个标题多好啊，多有气派：翻译文学——争取承认的文学！"看得出那次见面方先生很兴奋，所以在谈完正事后他仍意犹未尽，于是我们就一起在美食广场里找了个饭馆，又聊了一个多小时。

方平先生关于翻译的见解中还有许多很重要的思想值得挖掘和总结，譬如他对翻译工作的高度自信。我至今仍清楚地记得，1988年11月的一天，他把自己刚出版不久的《一条未走的路——弗罗斯特诗歌欣赏》一书赠送给我时那份掩饰不住的自豪与得意之情。我当时有点不理解，因为方平先生平时一向极其谦虚，这样的表情在他身上是非常罕见的。但当我拜读了这本书，特别是读了该书的《译后记》后，明白了原因——正是在这篇译后记中，方先生充满自信地喊出了："好诗，通过翻译，是可以还它一篇好诗的。"[1]再如，他针对国内一些译者"为了追求译文的精彩，有意无意地忽视了确切"的做法，明确表示反对，并提出："译文精彩，固然见出了译者的文字功力，但可能并非文学翻译唯一追求的目标。译文的

---

[1] 方平：《译后记》，载方平译：《一条未走的路——弗罗斯特诗歌欣赏》，上海译文出版社，1988年，第224页。

贴切，同样值得重视，而且同样显示出译者的文学修养。"[1] 这样的观点，也很值得我们后来的翻译家们认真学习和反思。

生活中的方平先生为人谦和，从不摆名人的架子。他衣着朴素，饮食随和，在花钱上，尤其是对自己花钱，简直有点"抠"。然而，当上海戏剧学院筹建莎士比亚塑像时，他毫不犹豫地捐出了好几万元自己多年的积蓄（这在当年来说不啻一笔巨款）。而在他简朴的外表下，更是跃动着一颗充满人文情趣的心：他喜欢音乐，谈起西方古典音乐来如数家珍。1992年我从加拿大回国后在免税商店买了一套在当时来说算是很高级的组合音响，他听说后反复向我打听音响的效果如何，低音强不强，音乐的层次是否丰富、分明，等等。当然，他更喜欢诗，有时从外地出差回来，会忍不住写一两首诗发表在报纸上。我在报上读到过方先生的诗，觉得其实他完全可以成为一名诗人，但他在晚年将全部精力都投入到翻译、编辑、出版诗体版《新莎士比亚全集》这件事上去了。记得在这套诗体版《新莎士比亚全集》出版后，有一次，大概是在上海作协开会吧，或是另外的场合，他见到我就说："谢先生，我们的《新莎士比亚全集》已经出来了，我要送一套给你。"我连说："谢谢，谢谢！不敢当，不敢当！"但我知道，方先生主动表示要送这套书给我，实际上反映了方先生对此事非常有成就感，所以乐意与他的朋友，甚至他的晚辈一起分享。他还邀请我有空时去他家做客，听音乐，

---

[1] 方平：《谦逊的真理》，辽宁教育出版社，1998年，第243页。

我也很高兴地接受了，但我因忙于开会、讲学和筹办《东方翻译》等杂事而一直未能抽出空去看他。2008年5月，我建议我的同事吴刚教授去对方先生做一次访谈，打算把这篇访谈稿作为《东方翻译》创刊号上的一个亮点。我计划等我们的《东方翻译》正式出版后，就带着新出版的杂志去面见方先生，同时还可向他约约稿。岂料还未等到我们的杂志出版，就在当年9月，方先生竟然驾鹤西去了。消息传来，我惊愕之余，更感到深深的哀伤，与方先生的未践之约成为我终生的遗憾。

尽管方平先生已经离开我们了，但我想，无论是我个人，还是上海翻译家同仁，乃至广大读者，我们永远不会忘记这位杰出的外国文学翻译家、外国文学研究家、比较文学家和译学理论家。他留下的那么多精湛译作和深刻著述，是我们上海文化界，也是全国文化界享用不尽且永远可以从中汲取到丰富营养的文化遗产和精神财富。在我们心中，方平先生的名字将与薄伽丘、莎士比亚、勃朗特姐妹、弗罗斯特等伟大作家、诗人的光辉灿烂的名字一起，永世长存！

翻译即生命
——悼念美国翻译家迈克尔·海姆教授

2012年10月5日晚上，我在杭州突然收到加州州立大学长堤分校亚洲与亚美研究系主任谢天蔚教授从美国通过手机发来的一条短信："天振：UCLA Michael Heim于上周六在家中去世，享年69岁。详情请看我给你的电邮。天蔚"。回到上海家里后，我赶紧打开计算机，马上看到了天蔚转发给我的加州大学洛杉矶分校（UCLA）在网上发布的一则讣告：

> 著名的东欧、俄罗斯和德国小说翻译家，加州大学洛杉矶分校教授迈克尔·亨利·海姆，于9月29日（星期六），因黑色素脑瘤并发症于韦斯特伍德家中逝世，享年69岁。经其夫人普里希拉（Priscilla）许可，美国笔会中心（PEN American Center）于10月2日（星期二）宣布，海姆为建立笔会翻译基金的734000美元匿名捐赠者。该基金每年向大约12名译者提供3000美元以上的奖金支持他们的翻译项目。

读罢讣告，我感到非常震惊，因为海姆教授的年龄并不大，前几年他来上海看我时身体看上去也还挺不错的,怎么一下子就走了呢?

我与海姆教授(见面时我称他为迈克尔)的直接交往其实并不多,也就两次,一次是在日本东京,另一次是在上海,就在我上海外国语大学高级翻译学院的办公室。我与他的电子邮件往来同样不多,屈指可数。然而就这不多的两次直接交往和屈指可数的几次电子信件往来,已让我对海姆教授留下了深刻难忘的印象。

我初识海姆教授是在2003年。那年12月,我应东京大学已故教授大泽吉博先生的邀请,参加由大泽吉博先生主持的一个国际翻译研讨会。那是一个非常小型的研讨会,总共才十几个代表,主要是东京大学等日本本土的学者,国外学者只邀请了四名,一名美国的,一名韩国的,两名中国的(我和清华大学的罗选民教授)。那位美国代表即是迈克尔·海姆教授。迈克尔的个子较高,大约有一米八的样子,人不胖也不瘦,满脸络腮胡子,坐在我们这群亚洲人中间很引人注目。但他给我的感觉不像是美国人,倒有点像东欧人。我现在才知道,原来他确实是东欧人,是美籍匈牙利裔人,不过自小在美国出生长大。东京大学的这个会议是即兴讨论性质的,不需要事先提交论文,所以我现在都已经记不清楚当时我和他的发言内容了,我讲的很可能是关于文学翻译中的创造性叛逆问题,或是关于翻译文学在国别文学中的地位问题,因为那几年我正在积极阐发我的译介学思想和相关观点。

那次的会议只有一天的议程,第二天没有安排,是自由活动,所以我用完早餐后便很悠闲地在东京大学美丽的校园里散步。走了没多远，迎面看见迈克尔也在那里散步，于是彼此打了个招呼，便开始一起沿着池塘漫步。他先是对我昨天的发言表示赞赏，我以为那是西方人的客套话，所以也很客气地向他表示感谢，并没把他的话当真。然后我问他主要从事哪个方面的研究，他告诉我他主要从事文学翻译实践，翻译东欧文学，还有契诃夫的作品。听说他翻译契诃夫的作品，我很惊喜。我告诉他我是契诃夫作品的爱好者，大学毕业时我甚至打算把契诃夫作为我毕业论文的研究对象，后来因为中国发生了"文化大革命"，正常教学秩序被冲垮，所以没有写成。获悉我是学俄罗斯文学的，他显然也很兴奋，便用俄语与我交谈，还问了我许多关于俄罗斯文学的问题及我的看法。谈到后来，他告诉我他想学中文，想通过契诃夫戏剧的中译本学，问我能否为他推荐一个好一点的契诃夫戏剧的中译本。我说没问题，我回国后即可为他找一个这方面的优秀译本。同时我还建议他，如果他想学中文的话，回到美国后可去找我的好朋友谢天蔚教授，他就在加州州立大学长堤分校教中文。迈克尔后来果然去找了天蔚，并与天蔚成了好朋友，相互过从甚密，还邀请天蔚夫妇上他家吃饭。我回国后特地去买了一本契诃夫作品集，里面收入了我认为契诃夫戏剧最优秀的中译本——焦菊隐翻译的版本，并请天蔚帮我带给了迈克尔。

我们谈得非常投契，将近分手时迈克尔对我说，他想送我一本他最近出版的翻译作品，问我感不感兴趣。"那是一部长篇小说。"他介绍说,"但是小说的正文只有七页,它的注解倒有二十页,而注解的注解有五十页,最后还有五页注解的注解的注解。"我听他这么一说,兴趣大增,连忙说我很感兴趣,表示如果有可能,我还愿意把它翻译成中文呢。他于是急步返回宾馆,不一会便把书拿来了。那是他从捷克文翻译的捷克作家约瑟夫·西扎尔写的小说《一个波希米亚青年》,迈克尔还特地在书名页上签名题词:

To Professor Xie Tianzhen

In the hope of further collaboration.

Michael Henry Heim

Tokyo December 2003

赠谢天振教授

期待进一步的合作。

迈克尔·亨利·海姆

2003年12月于东京

在东京分手后我们并没有保持很密切的联系,只是在圣诞节和新年时偶尔有一两则电邮互致问候。他告诉我,他已经与天蔚接上关系,并且非常巧的是,他们俩还都是加州大学洛杉矶分校孔子学院的顾问,所以经常有见面的机会。令我感到惭愧的是,从东京回来后因一直忙于杂事,迈克尔送我的那本小说尽管我很有兴趣,同时也觉得这本小说如果翻译出来的话，对国内的作家创作应该很有借鉴意义，但一直没有翻译出来，感觉愧对他当初赠书的美意了。

2008年5月，我又收到迈克尔发来的一则电邮。他告诉我，该年8月他会到上海来参加一个会议，但他想提前一个星期来上海，利用这个机会在上海学学中文。他问我有无可能帮他找一个中文老师，他愿意以教对方俄文作为交换。同年8月，迈克尔果然来到上海，住在华东师大那边一家普通的宾馆里。那天他来到我的办公室，我把宋炳辉教授介绍给他。炳辉是中国现当代文学的专家，教他中文当然绰绰有余，而炳辉的女儿其时正好在学俄文，所以这个安排可谓一举两得，双方都满意。此举还让炳辉得到一个意外的收获：炳辉那时正好在研究捷克作家米兰·昆德拉，没想到迈克尔正是美国昆德拉作品最主要的英译者，他因此从迈克尔那里获得了许多关于昆德拉的新信息，他们俩也成为好朋友。前年炳辉去美国出席一个中国现当代文学研究方面的会议，还专程到洛杉矶去拜访了迈克尔。

跟在东京那次一样，这次迈克尔又送给我一本他的最新译作——他从德语翻译的德国作家托马斯·曼的名作《威尼斯之死》。他照例在书名页上题词签名，然而这次的题词让我非常感动，因为他竟然直接用中文写出了我的名字，字迹还非常端正清秀。为了写好我的中文姓名，他事先不知练了多少遍呢。他的题词内容让我想起了五年前我们在东京大学校园里散步时他对我说过的赞扬话，现在我相信他当时说的那番话是真心的，而不是出于礼貌的客套恭维。他的题词是：

To 谢天振

Who understands what goes into a translation.

         Michael Henry Heim

         Shanghai July 2008

赠谢天振

一位懂得翻译内涵的人

         迈克尔·亨利·海姆

         2008年8月于上海

  告别时迈克尔握着我的手问："你何时来洛杉矶？"我对他说，洛杉矶我肯定要去的，天蔚已经邀请过我多次，那边还有我好几个大学的同学和朋友，也一直在等着我去与他们聚会呢。"那好，"他说，说话时一如平常那样表情严肃，语调平和，不高不低，"我们洛杉矶见。"说完他就准备离开了。我送他到办公室门口，望着他的背影，看着他慢慢地走到走廊的尽头，然后拐弯下楼，消失。说实话，我当时根本没有意识到，我眼前这位其貌不扬、衣着普通、说话待人态度十分谦和的外国人，是20世纪下半叶美国最重要的翻译家之一，而我更没有想到，这次简单平淡的握别竟然是我与迈克尔的生死诀别！

  确实，我真正了解迈克尔是在他去世以后，是在收到天蔚的手机短信以后。通过网上那一条条关于迈克尔·海姆的信息,他的事迹、他的形象在我的心中才越来越具体,越来越丰满。他对翻译的全身心投入和追求,对翻译无私奉献的高尚人格,让我感到震撼,崇敬之情油然而生,而他的不幸早逝则让我深感痛心和哀悼。在与天蔚通电话时我问他,我能为迈克尔的去世做点什么呢?他回答说,写篇文章吧,纪念纪念这位平凡而伟大的翻译家。我觉得他说得对,我有责任和义务写一篇文章,把这位散发着人格光辉的美国翻译家介绍给我们国家翻译界的同行,介绍给我们国家的广大读者。

迈克尔·亨利·海姆,1943年1月21日出生在美国曼哈顿,父亲在他四岁时就因患癌症去世,由此可以想见,他的童年乃至青少年时期的生活不会很富裕。他在哥伦比亚大学念的本科,学习俄语、西班牙语和汉语。在哥伦比亚大学时他曾有幸与美国著名翻译家拉巴萨(Gregory Rabassa)共事,后者于1970年翻译出版了马尔克斯的长篇名作《百年孤独》。迈克尔在哈佛大学攻读斯拉夫语专业,先后获得了这个专业的硕士学位和博士学位。之后他赴加州工作,在洛杉矶加州大学斯拉夫语言文学系任教,直至去世,时间长达四十年,是该系的"杰出教授"(distinguished professor)。

我感觉迈克尔身上最突出的一点就是他对翻译的终生不渝的执着和追求。为了更好地翻译,他一生都在不间断地学习外语,所以他的同事称他是"a lifelong student of languages"(终生外语学习者)。他懂得十二种外语,并把其中九种外语的作品翻译成英文,包括俄语、捷克语、塞尔维亚-克罗埃西亚语、德语、荷兰语、法语、罗马尼亚语、匈牙利语，以及一种非印欧语。迈克尔之所以能超越其他众多美国翻译家，他懂得多种外语并有多种外语翻译成英语的译本问世也是其中一个重要原因。《洛杉矶时报》曾发表过一篇关于他的报道，里面提到，大部分不上课的上午，迈克尔都坐在他的那台便携式计算机面前，聚精会神地做他的翻译。他的书架上则摆满了各种词典：1930年代版的四卷本《俄语词典》《牛津俄英词典》，兰登书屋的《俄英成语词典》《朗曼英语成语词典》《同义词词典》，等等。他的妻子普里希拉回忆说，每天临睡前，迈克尔总要默默地背上一会儿他正在学习的外语单词。甚至在去世前最后的清醒时刻，他脑海里纠结的还是那些复杂难解的外语单词。他把文学翻译视作一场充满欢乐的"历险"，他说："每天早晨醒来我就期待着这场'历险'——新的人物在新的一年里又会给我讲述新的故事。"

迈克尔一生翻译了大量世界文学中的精品：他从捷克文翻译了米兰·昆德拉的《不能承受的生命之轻》和《笑忘书》，从德语翻译了君特·格拉斯（1999年诺贝尔文学奖得主）的《我的世纪》和《给洋葱剥皮》，以及布莱希特的剧作，从俄语翻译了契诃夫的戏剧《海鸥》《樱桃园》《凡尼亚舅舅》。他于1975年翻译的契诃夫书信集被《纽约书评》称作"英语世界了解契诃夫思想的指南"，而他翻译的另一部厚达六百页的19世纪末20世纪初俄国儿童文学诗人楚科夫斯基的日记，则被视作"透视自1901年至苏维埃政权时期的俄国社会的重要视窗"。

迈克尔对文学翻译有一种非常执着的信念,他认为翻译家是有可能把原作原汁原味地呈献给读者的,让读者在读英语译作时感觉像在读法语或日语的原作。"这确实有点不可思议,"2001年他在接受《洛杉矶时报》的采访时说,"但这就像是变魔术,当然是高明的魔术。你就当是看魔术么。不过我认为这是可以做得到的。"迈克尔的译艺和翻译成就得到了美国学界的高度评价。他2003年即当选为美国艺术与科学学院院士,并先后获得古根海姆学者奖(2005)、美国笔会／拉尔夫·曼海姆翻译终身成就奖(2009)、美国斯拉夫与东欧语言教师协会终身学术成就奖(2012)。加州大学洛杉矶分校斯拉夫语系主任罗纳德·弗隆(Ronald Vroon)指出:"海姆教授是一位国际公认的学者,他将如此多的外语作品——很多种斯拉夫语和欧洲语——翻译成英语,让人目不暇接。他是20世纪后半叶文学翻译界的理论家、翻译家、文化活动家和翻译研究的先驱者。"洛杉矶加州大学比较文学系主任埃夫伦·克里斯托(Efrain Kristal)也指出,海姆教授"把翻译研究提高到了学术研究的前沿,他的译作博得了全世界的赞赏"。他以曾经与海姆教授这样一位"大学者"同在一个学校共事而"感到荣幸"。迈克尔于2004年翻译出版了德国作家托马斯·曼的名作《威尼斯之死》,并于翌年获得在国际翻译界享有盛誉的"海伦和库尔特·沃尔夫翻译奖"(Helen and Kurt Wolff Translation Prize)。

然而,尽管取得了如此引人注目的成就和荣誉,生活中的迈克尔却毫不张扬，异常低调。无论是在东京大学的学术会议上，还是在会后的私下接触中，他从不炫耀他的翻译成就，总是非常谦和、非常耐心地倾听对方的发言和讲话。甚至他来上海看我，把他的获奖译作《威尼斯之死》送给我时，对该书获奖一事也未置一词。我觉得他在生活中这种毫不张扬、异常低调作风恐怕也在某种程度上影响了他的译学观点——《洛杉矶时报》称他对翻译的观点"有点保守"（old-fashioned view），因为他不赞成当代文化理论张扬、抬高翻译家的地位，认为翻译家是在创作一部新作品的观点。他说："我当然相信译者是个创作者，但我并不那么相信我是在创作一部新的作品。我只是在创作一部尽可能与原作一模一样的作品而已。"

让世人瞩目并为之感到震撼的是，他于2003年给美国笔会中心捐了一笔高达七十三万多美金的捐款，指定用作资助文学翻译，但在生前却不许美国笔会中心公布他的名字。美国笔会中心自收到这笔捐款以来，已经资助了一百多位译者，出版了七十多部译作。直到他因病去世以后，美国笔会中心征得他夫人普里希拉的同意，才公开了这个"秘密"。

更让人感动的是，迈克尔本人其实并不是一个大富之人。幼年时他父亲早早去世，肯定给他的家庭生活带来相当大的困难。工作后，依靠在大学做教授所得的薪酬和从事文学翻译所得的稿酬，收入其实也相当有限，何况他还有三个孩子，七个孙子、孙女。他的这笔捐款来自他二战期间在美国军队服役的父亲去世后所得的抚恤金和利息。他把这笔抚恤金及其利息全部捐出，支援文学翻译事业，没给自己留一分钱。与此同时，他本人的生活非常节俭，甚至到了精打细算的地步。譬如他到上海来，住的宾馆就是一家非常普通的宾馆，他想学中文，都舍不得花钱请老师，而是通过互教的形式。天蔚夫妇曾去迈克尔家吃饭，天蔚告诉我，他家里的陈设非常简单，饭菜也很简单。不仅如此，迈克尔还把吃剩下来的剩菜残羹加工做成堆肥，分送给他的朋友和同事，供大家养花种草用。据说他在路边看到塑胶瓶和可乐罐，也总是不厌其烦地捡起来送去回收。

众所周知，与世界上许多国家相比，文学翻译在美国处于一个相当边缘的地位，与作家、艺术家的创作不可同日而语。而迈克尔却数十年如一日，在文学翻译这块土地上默默耕耘，甘于寂寞，甘于淡泊。尽管已经在文学翻译领域取得了举世瞩目的成就，但他并不以此为满足，而是通过匿名捐献巨款资助文学翻译的行动来促进文学翻译的进一步发展。这种不求名利、视翻译为生命的崇高品格着实让世人钦佩不已。我曾经在一篇文章里写过，生命的价值不在于其时间的长短，而在于其质量。迈克尔在六十九岁这样的年龄与世长辞固然是太早了点，然而他对文学翻译终生不渝的追求和无私奉献，必将与他丰硕的翻译杰作一起被世人长久阅读与纪念。